多多羅 著　心傳奇工作室 繪

神探邁克狐

真假邁克狐

4

千面怪盜篇

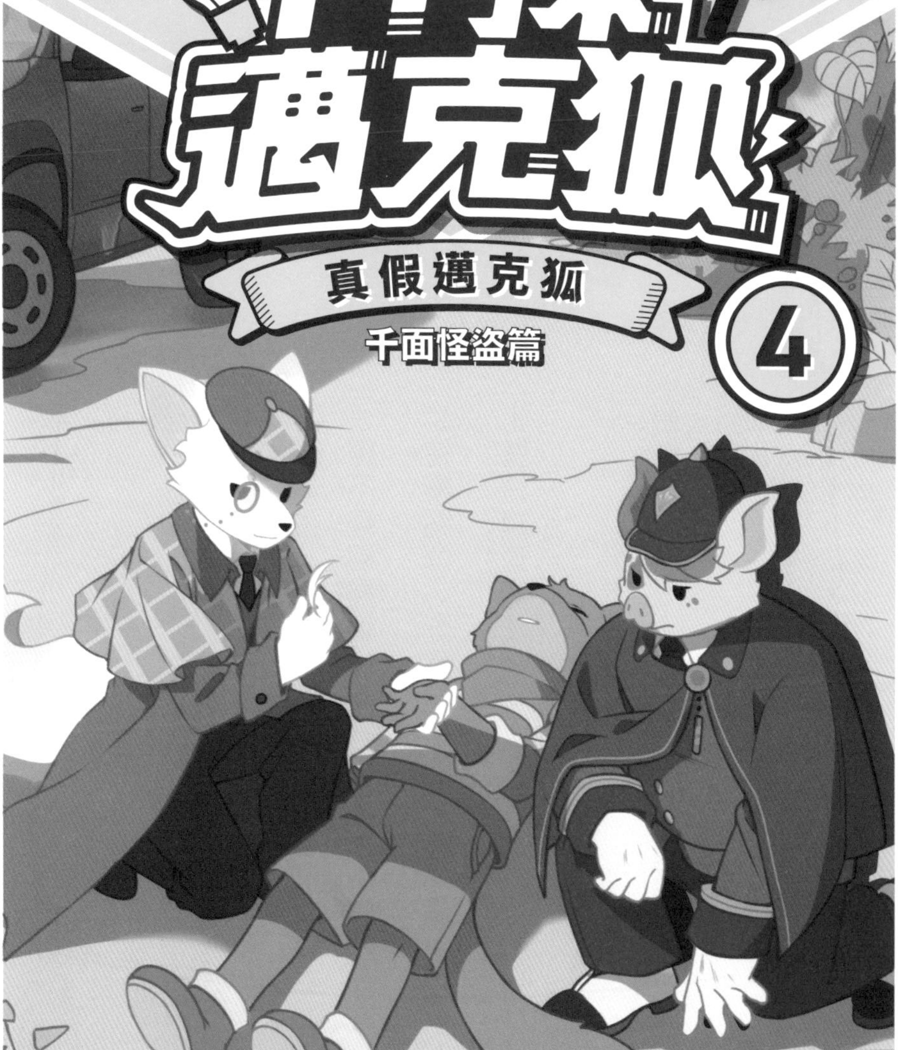

偵探守則

想要成為偵探，必須記住以下守則：

1. 絕不放過任何一個細節；
2. 絕不輕易推翻任何一種推論；
3. 持續閱讀，豐富自身的知識儲備；
4. 堅持真理和正義。

偵探簽名：

小偵探個人檔案

請貼上你的照片吧！

姓名：

年齡：

我的優點：

我的缺點：

我喜歡的東西：

我討厭的東西：

我的夢想：

人物檔案

邁克狐

性別：男　種族：白狐

總是說著「任何罪惡都逃不過我的眼睛」的大神探，屢屢破獲奇案。

聰明帥氣，風趣優雅！悄悄告訴你，他最喜歡吃的就是棒棒糖，因為糖分能讓他的大腦轉得更快！

千面怪盜

性別：不詳　種族：不詳

被迷霧籠罩著的暗夜怪盜，沒有人知道他的名字、他的種族，甚至沒有人知道他到底是男是女。每次出現，他的偽裝都天衣無縫。他收集藝術品的目的是什麼，沒人知道。邁克狐和他的較量持續中。

啾颯

性別：男　種族：啾啾族

從啾啾島來到格蘭島打工的啾啾族水鳥，一開始不會講動物通用語的小可愛。

雖然身體小小的，卻擁有大大的勇氣與智慧。

豬警官

性別：男　種族：麝香豬

比起「杜克．嘟」這個名字，更習慣讓大家叫自己「豬警官」，因為顯得更親切。豬警官是格蘭島警察局的主力警官，奔波於各個案發現場。

雖然不是很聰明，但是富有正義感，在邁克狐探案過程中提供了強而有力的幫助。

目錄

CONTENTS

01 插翅難飛的千面怪盜

一大清早，正當邁克狐準備品嘗美味的鬆餅與紅茶時，啾颯拿來了一個信封。邁克狐打開信封，發現裡面裝著住在深谷中的老朋友棕熊先生的邀請函。

棕熊先生熱情地邀請邁克狐來參加他與太太結婚二十周年的紀念宴會，但信封裡竟然又滑落出一張卡片。邁克狐眉頭一皺，發現這張卡片竟然是千面怪盜的預告信。

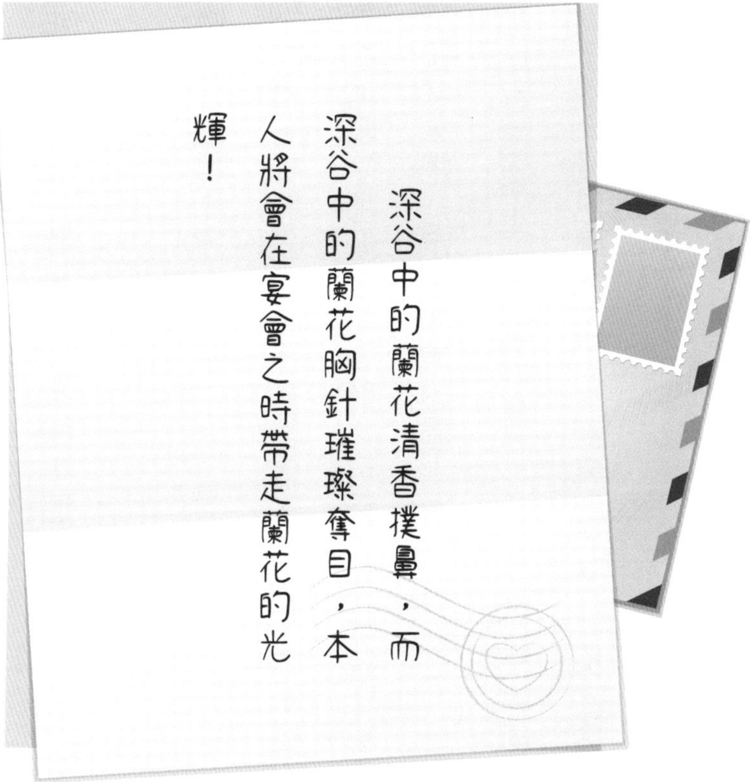
深谷中的蘭花清香撲鼻，而
深谷中的蘭花胸針璀璨奪目，本
人將會在宴會之時帶走蘭花的光
輝！

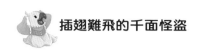

邁克狐將邀請函和預告信一同放在口袋裡，披上風衣，對啾颯說：「走了，啾颯，我一定不會讓千面怪盜破壞我朋友珍貴的回憶！」

「啾啾！（出發！）」

深谷別墅裡，棕熊先生看了預告信，驚慌地大吼道：「吼吼吼，這可怎麼辦呀？那個蘭花胸針，可是十年前我送給妻子的禮物，要是被偷了，她一定會非常難過！」

邁克狐站在露臺上，看著四周深不可測的峽谷說：「你放心！你找到了我，就已經邁出了找到真相的第一步。這一次，我絕不會再讓千面怪盜得手了！」

原來，邁克狐還記得上次千面怪盜偷走王冠的事，那在邁克狐心裡埋下了種子，他決心有一天一定要抓住千面怪盜！

但是千面怪盜到底是誰？沒人知道他的真面目。千面怪盜每次犯案，都會神不知鬼不覺地變裝成其他人，得手之後，再在砰的一聲巨響中，變成一個帥氣的魔術師，乘坐千紙鶴揚長而去。

沒人知道千面怪盜到底是男是女，是高是矮，是什麼種族，有什麼顏色的毛髮，這是一個謎團。

作為被大家信賴的神探，即便破案如此困難，邁克狐也不會向邪惡屈服。他將一張設計圖交給棕熊先生，說：「這是我找未來貓科技公司設計的安全系統。深谷周圍的山勢本來就非常陡峭，你再照著設計圖布置，這次一定能讓千面怪盜有去無回！」

棕熊先生拿起設計圖點點頭，登登登地跑走了。

到了舉行宴會的那一天，邁克狐和啾颯再次乘坐唯一能到達深谷的纜車前往深谷別墅。啾颯好奇地趴在窗邊，興奮地看著周圍的景色。

原來，喜好安靜的棕熊一家把別墅建在深谷中的巨大平臺上，平臺的四周都是深不見底的峽谷，只有一輛纜車通向外面。

「啾啾！啾啾啾？（這些閃著光的東西就是安全系統嗎？）」啾颯指著平臺周圍星星點點的閃光點興奮地問邁克狐。

邁克狐點點頭，回答道：「是的，那些閃光點就是未來貓科技公司特別研製的安全系統，只要這個系統開啟，所有在平臺周圍的山谷內飛行的生物，都會被射出的捕捉網抓住。這下，千面怪盜就算插翅也難飛了。」

有了邁克狐和安全系統的保護，棕熊夫婦一點也不擔心了，此刻正開開心心地站在大廳迎接賓客呢！

他們一看到邁克狐和啾颯，連忙快步迎了上來，棕熊太太更是一把抱住小小的啾颯，毛茸茸的熊掌在啾颯的頭上來回撫摸，把他頭上那些細細的絨毛都揉得豎起來。

天哪，啾颯的小臉都羞得通紅了，他一動也不敢動，就像一隻可愛的絨毛玩偶。別墅裡的賓客看到這個畫面都哈哈大笑起來。

棕熊夫婦邀請的人不多，因此在場的只有幾個朋友和別墅的工作人員。棕熊先生拍著胸脯打包票說：「我相信我的朋友和工作人員！千面怪盜一定不敢來了！」

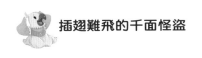

而邁克狐卻沉默著踱步，在別墅周圍觀察地形。這時，一座花園映入眼簾。溫和的兔子園丁正哼著歌，將一朵朵玫瑰用花剪剪下，放進大大的籃子裡。

聽到腳步聲，兔子園丁的耳朵動了動，轉過身來向邁克狐問好，「你好，邁克狐先生，你想要一朵玫瑰嗎？」

邁克狐禮貌地搖搖頭，欣賞起這個美麗的花園。他發現，除了常見的玫瑰、月季等植物，花園裡還有一些他從未見過的神奇植物。比如面前這些像一個個袋子一樣掛在藤上的植物。

發現邁克狐專注的目光，兔子園丁湊上來興奮地說：「這是豬籠草，是棕熊先生點名要種的植物，說是要為寒冷的格蘭島北部增添一絲熱帶的氣息。我花了好大的工夫才種活的。」

邁克狐從小生活在寒冷的北部森林，大學時期則是在氣候溫和的海島克里特島，這還是第一次見到來自熱帶的植物。

這時，一隻小飛蟲飛了過來。正當邁克狐準備揮手趕走牠的時候，那隻小飛蟲像是受到誘惑似的直接飛進了豬籠草的袋子裡！只聽裡面的小飛蟲撲騰了兩下，就沒了動靜。

這是怎麼回事？

邁克狐睜大了眼睛，兔子園丁卻習以為常地說：「沒想到吧？豬籠草會誘惑蟲子，然後把牠們消化掉。」說完，兔子園丁哼著歌去工作了。

「會吃蟲子的植物？真有意思。」邁克狐站在豬籠草旁邊又仔細地觀察了一陣後，才被另外的植物吸引了注意力。

就這樣平安無事地到了晚上，宴會開始了。大家圍著幸福的棕熊夫婦，在悠揚的樂曲和香甜的蛋糕味中，向他們獻上自己的祝福。而邁克狐與啾颯則站在窗口，不失警惕地觀察著整個大廳。

兔子園丁雙手抱著一個大大的玫瑰花籃，準備交到棕熊先生的手上，再由他送給棕熊太太。棕熊太太的嘴角都快咧到耳根了，美麗的蘭花胸針在她的衣服上閃閃發光。

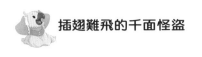

變故就在這時發生了！忽然劈啪一聲，整座別墅陷入一片黑暗！

緊接著，從窗戶邊傳來一陣清脆的玻璃破碎聲。邁克狐趕緊回頭，發現千面怪盜竟然披著斗篷站在懸崖邊，猛地跳上飛來的千紙鶴，逐漸朝那深不可測的峽谷飛走了！

棕熊太太舉起熊掌一摸胸口，隨即大喊道：「啊！我的蘭花，我的蘭花胸針！」

原來，就在剛剛的一瞬間，千面怪盜偷走了棕熊太太身上的蘭花胸針。

邁克狐迅速追到別墅外面，而千面怪盜已經坐著千紙鶴在月光下飛遠了，只留下一句話順著風傳來：「蘭花胸針我就收下囉。我們下次再見吧，掰掰！」

可惡！邁克狐站在懸崖邊，不甘心地握緊了拳頭。

回到了宴會廳，大家都被嚇壞了：棕熊先生正在安慰難過的棕熊太太，兔子園丁跌坐在地上不知所措，玫瑰花撒了一地。而

科學小站

捕捉昆蟲的豬籠草

豬籠草有一個獨特的汲取營養的器官——捕蟲籠。豬籠草能分泌出引誘昆蟲的香味，昆蟲一旦滑進捕蟲籠，就很難再爬出來，最後被籠子裡的消化液分解掉，成為營養物質被豬籠草吸收。雖然豬籠草是一種植物，但是它也吃葷！

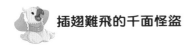

啾颯則站在被破壞的窗口不讓大家靠近。

「啾啾，啾啾啾！（不得進入犯案現場！）」

邁克狐從兜裡掏出一根棒棒糖塞進嘴裡，快步走向兔子園丁，將她扶了起來，詢問道：「妳剛剛看到什麼了嗎？」

兔子園丁仍然是一副被嚇壞的樣子，她說：「我……我什麼也沒看到，剛才太黑了，我只感覺一陣風把我吹倒在地，然後……然後就……」

棕熊太太也哽咽著補充道：「是的……我也……只感受到一陣風，然後我的蘭花胸針就不見了。」

棕熊先生則跑出去仔細檢查安全系統，捶著胸口問：「為什麼？為什麼這個安全系統沒有生效呢？可惡的千面怪盜就這樣飛走了呀！難道安全系統壞了嗎？」

正說著，一隻鴿子悠閒地拍著翅膀飛過深谷。安全系統發出了嗶嗶聲，將雷射對準鴿子後，緊接著，一張大網撲了出去，把鴿子牢牢抓住，送到了大家面前。

「你們……你們在做什麼呢？快把本鴿子放出去！」被網住的無辜鴿子在網裡掙扎，大家見狀，趕緊把他解救出來，連連道歉，棕熊先生更是忙著送上禮物，這才消了鴿子的怒火。

看來安全系統並沒有壞掉。大家大眼瞪小眼，不知道該怎麼辦，全都轉頭看向邁克狐。

邁克狐皺著眉頭，把棒棒糖咬得嘎吱作響，他的大腦開始飛速運轉起來，「千面怪盜是怎麼到深谷平臺上來的？他又是透過

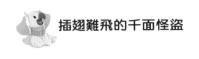

什麼方法在一瞬間偷走蘭花胸針，並且破窗逃走的？為什麼他坐著千紙鶴逃走的時候，運轉中的安全系統卻沒有反應呢？」

棕熊太太難過地說：「唉……也許……也許千面怪盜真的是一個特別、特別神奇的怪盜吧，所以才能騙過安全系統。算了、算了。」

邁克狐沒說話，蹲在碎掉的玻璃旁仔細觀察。忽然，月亮從烏雲背後探出頭來，月光照在玻璃碎片上，玻璃碎片反射出璀璨的光輝，就像星星掉在了地上。一道閃電劃過他腦中，邁克狐大喊：「我知道是怎麼回事了！」

「什麼？」大家聽了，紛紛圍了過來。

邁克狐銳利的目光掃視著大家，說：「各位，千面怪盜根本沒離開這座別墅！」

兔子園丁驚叫道：

「可是……可是我們明明看見他坐著千紙鶴飛走了呀！」

邁克狐搖搖頭，指著地上的玻璃碎片說：「你們看，地上的玻璃碎片根本沒有被踩過的痕跡。」

大家伸長了脖子觀察。

確實，地上的玻璃碎片就像剛被打碎一樣，呈現完美的放射狀散開，上面沒有任何腳印。

邁克狐又帶著大家來到千面怪盜離開的地方。

懸崖邊濕潤的泥土上，也看不到任何腳印。

邁克狐拿出嘴裡的棒棒糖，自信地說：「我推測破碎的窗戶、飛走的千紙鶴都是千面怪盜的障眼法，真正的千面怪盜和蘭花胸針還在這座別墅裡。

「坐在千紙鶴上的也許是個假人，安全系統只對生物有反應，所以它才能遠遠地飛走。」

邁克狐用風衣的一角擦了擦眼鏡，銳利的目光掃視著整個大廳，說：「真正的千面怪盜和蘭花胸針也許就在這裡。」

眾人的眼睛睜得大大的，驚訝極了，忍不住開始互相觀察。

千面怪盜有著神乎其技的變裝技術，沒有人知道他到底長什麼樣子，也不知道他現在變裝成誰。

就算是最了解現場所有人的棕熊夫婦，也搖搖頭，「吼……我覺得大家都是真的，我……我看不出來。」

邁克狐用他銳利的眼神審視了一圈，又用靈敏的鼻子挨個聞了一圈。每人身上的味道都沒有變化，說明這裡沒有人被掉包，那現在能證明竊賊身分的，只有被偷走的蘭花胸針了。

於是，邁克狐讓大家都待在大廳，由偵探助理啾颯檢查整座別墅。只見啾颯拖著圓滾滾的身軀跑上跑下，還站在高高的椅子上檢查大家頭頂的毛髮。

可是過了很久，太陽都快從東方升起了，啾颯還是一無所獲。而邁克狐則暗中留心觀察每個人的反應，也都沒發現任何異常。

「啾……啾啾……啾啾……」啾颯低著頭，用小翅膀揪著衣角，難過地向邁克狐彙報。

邁克狐皺緊了眉頭，啾颯說他檢查了每個人和別墅的每個角落，甚至檢查了花園每片葉子的底下，都沒找到蘭花胸針。

「每個人、每個角落、每片葉子……」就像一道陽光劃破清晨的濃霧，邁克狐的腦子忽然靈光一現——蘭花胸針就在花園裡！

「我知道了！」說完，邁克狐立刻帶著大家來到花園。

「吼……我的兄弟，你帶我們來花園做什麼呀？」棕熊先生疑惑地問。

邁克狐自信地說：「我知道蘭花胸針在哪裡了。」

啾颯偵探筆記

事件：蘭花胸針被偷走

地點：深谷別墅

已知線索：

1. 只要安全系統開啟，在平臺周圍的山谷內所有＿＿＿＿＿都會被射出的捕捉網抓住。
2. 千面怪盜飛走的時候，安全系統＿＿＿＿＿；鴿子飛過山谷時，被＿＿＿＿＿，說明安全系統可能＿＿＿＿。
3. 地上的玻璃碎片沒有＿＿＿＿＿，懸崖邊濕潤的泥土上也＿＿＿＿＿。
4. 蘭花胸針可能還在別墅裡，但是啾颯檢查了每一個人、別墅的每一個角落，甚至＿＿＿＿＿，都沒找到蘭花胸針。

看著這些線索，啾颯的腦袋亂成一團。

小偵探你有什麼想法？你認為竊賊是誰呢？在這裡寫下你的猜測吧：

「啾，啾，啾啾？（在哪裡？我怎麼什麼都沒找到呢？）」

「啾颯，雖然你檢查了花園的每片葉子，但是有個地方你一定沒找，那就是……」說著，邁克狐找到一株垂得特別低的豬籠草。

大家湊上前去看，這株豬籠草裡面不僅有豬籠草用來消化蟲子的汁液，竟然還有一隻千紙鶴和蘭花胸針！

「天哪，你怎麼知道蘭花胸針在這裡？」棕熊先生驚訝地問。

「很簡單。」邁克狐說：「案發之後，我們所有人都在一起，千面怪盜沒有機會做出挖洞這樣複雜的舉動。於是我推測，他會用自己的千紙鶴短距離運送蘭花胸章。既然啾颯找遍了整座別墅都找不到，那就說明蘭花胸針被藏在一個平時不會用來藏東西的地方，也就是花園裡的豬籠草。」

邁克狐手裡拿著蘭花胸針，緩緩轉過身，凝視著兔子園丁。

「我說得沒錯吧，兔子園丁，或者說，千面怪盜？」

說完，所有人都一齊看向不知道什麼時候退到遠處的兔子園丁。

「哈哈哈哈，真是精彩的推理！」兔子園丁猛地往地上扔了什麼東西，剎那間煙霧彌漫。

「不好！」

「啾！」

邁克狐與啾颯立刻往兔子園丁的方向跑去，可是等煙霧散去，兔子園丁已經不在原地了！

千面怪盜竟然在一瞬間換下了兔子園丁的偽裝。一個穿著紫色魔術師服裝、戴著華麗面罩的身影站在懸崖邊上，他開口道：「不愧是傳說中的神探邁克狐！這次就算我輸了，雖然我帶不走蘭花胸針，但是你們也別想抓住我。你們還記得那隻被安全系統抓住的鴿子嗎？在你們解救鴿子的時候，我就已經把安全系統關掉了。」

說完，千面怪盜舞動手杖，朝天邊一揮。同時，縱身朝深谷一躍，一陣狂風吹來，掀起懸崖邊邁克狐的風衣。

千面怪盜站在千紙鶴上，逐漸消失在清晨的陽光中，只留下一句話隨著晨風飄揚在山谷裡：「這次就算我輸了，神探邁克狐，我們下次再見！哈哈哈哈……」

神探邁克狐站在懸崖邊，陽光為他鍍上一層金色，他在心中立下誓言：「我們走著瞧。我一定會抓住你的！」

02 奇怪的嗜睡症

「叮咚叮咚！」麻雀造型的鬧鐘在時針指向七這個數字時準時響起，鬧鐘拍動著木頭翅膀發出刺耳的起床鈴聲。

床上捲成一座小山似的棉被動了動，過了老半天，睡在床上的兔子彼得，從被子裡伸出一隻爪子，摸索著按下鬧鐘開關，麻雀鬧鐘頓時安靜下來。隨後，那隻爪子又縮回被子裡，含糊不清的嘟囔聲從厚厚的棉被中傳出：「好睏啊，再睡五分鐘再去上班吧！」

很快，太陽從雲層後面鑽了出來，慢慢移動到天空的正上方，沉睡的格蘭島甦醒過來。窗外的車輛發出此起彼落的鳴笛聲，終於吵醒了還在美夢中的兔子彼得。

彼得睜開迷迷糊糊的眼睛，把桌上的鬧鐘拿過來湊到眼前，嘟囔道：「幾點了？」

緊接著，他的眼睛瞬間睜大了，喊了出來，「什麼，十一點了！」

彼得豎起長長的耳朵從床上彈起，尖叫著往門外衝，速度快得甚至在空中颳起了一陣小小的旋風，他的慘叫聲很快消散在風裡，「完蛋了！我又遲到了！」

第二天，兔子彼得找來了邁克狐，他垂著長耳朵，對邁克狐哭訴自己的悲慘遭遇，「……最後，我因為本周第四次遲到被開除了，往後的日子我連胡蘿蔔都買不起。這該怎麼辦！」

邁克狐聽完彼得的講述，困惑地眨眨眼睛，說：「彼得先生，你應該知道我是個偵探，你因為睡過頭，丟了工作這件事真的不在我的業務範圍。」

「不是的！我以前從來不會睡過頭，每天只要鬧鐘一響，我就精神飽滿地去上班。但我最近總是很睏，有一天甚至在工作時睡著，就像得了嗜睡症。」

「這件事很不尋常！」彼得抓著邁克狐的風衣懇求他，「請你一定要替我查清楚！」

站在一旁的無尾熊愛麗趕忙替彼得作證，「真的，我保證彼得是一隻非常勤奮努力的兔子。我們已經做了很多年的鄰居了，彼得先生每天都早起上班，休息日也會早起運動鍛鍊身體，一點都不懶惰！」

兔子彼得連忙補充，「對，愛麗是我的鄰居，也是我的好友，她是最了解我的人。這周我工作太忙，連下廚的時間都沒有，愛麗每天都會幫我做便當，她真的很善良！」彼得的誇讚讓愛麗害羞地低下了頭。

「好吧，既然你堅持認為自己睡過頭很不尋常，那麼調查的第一步，就是去醫院檢查一下你是不是真的得了嗜睡症。」

他們來到醫院，兔子彼得做了全套檢查。大象醫生拿到檢驗單後對彼得說：「你身體非常健康，但血液裡檢驗出了少量麻醉藥，這就是你近期嗜睡的原因。你最近有服用什麼藥物嗎？」

兔子彼得瞪大了眼睛，說：「沒有！我什麼藥都沒吃！邁克狐你看，這果然不是我的問題！一定有人在我的食物裡下了安眠藥，才害我丟了工作！你一定要幫我找出這個犯人！」

坐在椅子上打瞌睡的愛麗被這個聲音驚醒，叫道：「什麼，什麼，竟然有人下安眠藥！這……這是犯罪！」

邁克狐的表情也嚴肅起來，說：「你放心，既然你找到了我，就已經邁出了找到真相的第一步！」

邁克狐先來到彼得工作的地方了解情況。彼得在發電廠工作，每天的任務就是在滾筒發電機裡奔跑，以此發電。

發電廠的山羊老闆捋著自己長長的鬍鬚告訴邁克狐，「彼得以前是個好員工，在工作的幾年中從來沒犯過錯。但最近他很懶散，天天遲到就算了，竟然還在滾筒發電機裡睡覺！導致格蘭島某些地方晚上斷電五分鐘，這怎麼可以呢？所以我只能開除他，並讓倉鼠貝克接手他的工作。」

「對了！一定是他！」因為情緒激動，彼得的長耳朵又嗖地豎了起來。

他氣得在山羊老闆的辦公室裡跳來跳去，「就是他，我沒來這裡工作之前，他一直是發電廠的模範員工。但我來了之後，因為我腿長，跑得更快，發的電更多，所以模範員工的稱號就落到了我頭上，他一定是因此記恨！還有，上周他分給我，自己做的青草餅乾，我的嗜睡症就是從吃了那個餅乾開始的！」

此時辦公室外已經圍上來許多發電廠的員工，他們聽到彼得的話，正交頭接耳地討論這件事。

身材嬌小的倉鼠貝克也來了，在各種動物的頭頂上躥來躥去，終於站到了邁克狐面前的桌子上，氣喘吁吁地說：「神……神探邁克狐，我一聽說……一聽說這件事就跑過來了，這絕對是汙蔑！」

倉鼠貝克氣得瞪大了眼，憤怒地指著兔子彼得大罵，「你……你自己犯錯被開除了，還汙蔑我！我工作能力是不如你，但根本沒想過要害你！給你吃青草餅乾，也是因為想和你成為朋友，希望你教教我，怎麼才能在滾筒發電機裡跑得和你一樣快！我把青

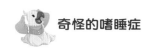

草餅乾給了好多同事，他們怎麼沒事呢？」

「對呀，那個青草餅乾我也有吃。」

「我也吃了，餅乾很好吃，我吃完也沒有嗜睡。」

「那個餅乾烤得真好，香香脆脆的，我還想再跟他多要一點來吃！」

圍在辦公室外面的動物紛紛出聲證明貝克的清白。

兔子彼得又氣又急，揪著倉鼠貝克的脖子，將他提到半空中搖晃，說：「誰知道你是不是只在我的那份青草餅乾裡下了藥！不然我怎麼會患上嗜睡症！除了你還會有誰！」

邁克狐趕緊制止兔子彼得，救下倉鼠貝克，雙手將他放回地上。倉鼠貝克被晃得頭暈眼花，就地滾了幾圈才清醒過來，他掙扎著爬起來用自己的小爪子捶打彼得的鞋尖，又順著彼得的褲子往上爬，並對彼得的臉吐出藏在頰囊裡的瓜子，氣憤地說：「你誣賴我不成還敢動手！我要報警！要告你故意傷害！」

邁克狐急忙拉開他們，「都冷靜一點，事情還沒弄清楚呢！先別打架！」

正當辦公室裡一團亂時，一陣打呼聲從角落傳了出來。大家的注意力被這陣呼聲吸引，都停下動作循聲看過去，原來是無尾熊愛麗躺在椅子上睡得正香呢。

睡夢中，她翻了個身，從椅子上掉了下來。她哎呀一聲，驚醒後睜開眼睛看看眼前的大家，這才想起自己正陪著兔子彼得查案呢。

無尾熊愛麗揉揉眼睛，疲倦地打了個哈欠，滿懷歉意地對兔子彼得說：「彼得，作為朋友，我應該陪著你找出真相。但身為一隻無尾熊，我每天要睡二十個小時，現在我實在太睏了，不得不回家睡覺。」

彼得急忙安慰她，「沒關係。我很感激妳為我做的一切。妳快回去睡覺吧，邁克狐會替我查明真相。」

她點點頭，緩慢地往門口走去。此時，邁克狐忽然上前一步，擋在了她的面前，說：「愛麗小姐，請等一下。」

「還有什麼事嗎？邁克狐先生，我現在真的太睏了，可能沒辦法幫上忙。」

她又打了個哈欠，睏得眼睛都快睜不開了。邁克狐詢問無尾熊愛麗，「我記得彼得說過，他這周太忙了，所以都是妳幫忙做的便當，對吧？」愛麗疑惑地點點頭，不明白邁克狐怎麼會忽然問這個。

邁克狐緊緊盯著她，問：「妳放了些什麼呢？」

無尾熊愛麗還沒出聲，兔子彼得先開了口，「邁克狐先生，你這是在懷疑愛麗嗎？怎麼可能！我們是最好的朋友啊！你一定搞錯了！」

邁克狐對自己的猜測胸有成竹，他繼續詢問，「可以告訴我放了些什麼嗎？」

無尾熊愛麗沒想到自己竟然成了被懷疑的對象，她嚇得連連擺手，說：「我放的都是平時吃的食物啊！我做了青草三明治、胡蘿蔔車輪餅，還有白菜汁，這些東西是絕對沒問題的！我絕對沒有害人呀！」

邁克狐拍拍無尾熊愛麗的肩膀安慰她，「我知道妳沒有害他。妳仔細想想，在這些食物裡，有沒有放尤加利樹葉？」

無尾熊愛麗皺緊眉頭回答：「放了呀，尤加利樹葉是我們無尾熊的最愛，它有股獨特的香味，作為調味料再適合不過了。」

邁克狐笑了起來，「現在案情真相大白了，彼得的嗜睡症就是這些尤加利樹葉導致的！」

「什麼？」

「什麼！」

彼得和愛麗同時驚叫起來。

科學小站

愛睡覺的無尾熊

無尾熊有厚厚的灰色絨毛和圓滾滾的身材，是澳洲的國寶動物呦。牠們非常挑食，幾乎只吃尤加利樹葉，尤加利樹又名桉樹。由於尤加利樹葉中的營養太少，還含有毒素，所以無尾熊一天要睡二十個小時左右來減少消耗並消化有毒物質，其餘時間就會趴在桉樹上進食和思考喲！

「尤加利樹葉是無尾熊賴以為生的食物，能為無尾熊提供身體所需的養分。但同時，某些尤加利樹葉中含有毒素，無尾熊能夠代謝這些毒素，可是兔子卻不能。妳將尤加利樹葉加在彼得的食物裡，才導致他患上嗜睡症。」

聽完邁克狐的解釋，眾人恍然大悟道：「原來是這樣啊！」

無尾熊愛麗愧疚地哭了起來，「對不起！對不起彼得！竟然是我做的菜害你丟了工作！真是對不起！」

兔子彼得趕緊替她擦乾眼淚，安慰道：「沒關係，愛麗，妳也是好心幫我，我不會怪妳！我們還是最好的朋友，妳別再哭了！」

一直在旁邊看著事情發展的山羊老闆捋捋鬍子，說：「原來彼得最近愛睡覺不是因為懶惰。既然如此，你就重新回來上班吧！」

兔子彼得非常驚喜地說：「真的嗎？謝謝老闆！我一定會好好工作！」

說完這句話，兔子彼得又轉身向倉鼠貝克道歉，「非常對不起，是我誤會你了！以後我們當朋友吧，我把自己工作的技巧全部教給你！」

「哼！」被誤會了的倉鼠貝克並不領情，氣呼呼地一溜煙跑了。看來，兔子彼得要花很大的工夫，才能讓這位同事消氣呢！

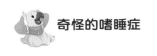

03 雨夜的宴會

屋外雷電交加。在一個宴會廳裡，大家喝了許多酒，七橫八豎地倒在地上。這時，在某個房間裡，發生了這樣的對話：

「孩子，醒醒！」

「你是誰呀？」

「我是你爸呀！」

「爸，你怎麼來了？」

「我來領我的養老金啊，你不是說賺錢要給我養老嗎？」

「是呀，爸，錢在保險櫃裡呢。」

「密碼是多少？」

「密碼，密碼是……」

傾盆大雨下了整整一晚，山腰處的桃源公館變得清新明淨。第二天上午，溫暖的陽光直直地照射下來，公館前的道路仍舊濕漉漉的。

一陣清脆的鳥叫聲從樹梢傳來，公館的主人猴子老闆醉醺醺地睜開了眼睛，拍了拍自己的腦袋。在他眼前的是一張圓形的飯桌，桌上餐具凌亂，殘餘的菜泛著油光，一堆酒瓶東倒西歪，整張桌布都被酒浸濕。

猴子老闆想起了昨晚舉辦的宴會，他用力捶了捶自己的腦袋，一臉的懊惱，「真該死，我還是喝醉了。」

這時，他聽到一陣呼聲。猴子老闆順著聲音走過去，打開一扇門，只見屋內床上的被子鼓成一個小山丘一起一伏。

猴子老闆準備靠近，突然發現地上有一大攤嘔吐物，他撇了撇嘴，嘀咕著，「怎麼醉成這樣。喬伊！喬伊！」

床上的呼嚕聲依舊連綿不絕，猴子老闆嘆了口氣，心想：「唉，這也不能怪他，昨晚他幫我擋了那麼多酒，要不是他，我恐怕醉得更厲害。」

突然，猴子老闆像是想起了什麼，心中產生了不好的預感，他一下緊張起來，快速爬上二樓，每走一步心跳就加快一點。

呀的一聲，二樓臥室的房門被他打開了，猴子老闆一看，整個人都呆住了。「怎……怎麼會……」猴子老闆就這樣呆站著，如同雕像一般，臉上的表情十分複雜，像是憤怒，像是自責，又像是傷心。

不知過了多久，他突然想到了一個身影，一個穿著格子風衣戴著金絲框眼鏡的身影，「邁克狐，我要找神探邁克狐！只有他能幫我了！」

大約一小時後，一隻身穿風衣的白狐站在了桃源公館的門前，他的身邊還站著一隻啾啾族水鳥。白狐推了推金絲框眼鏡對猴子老闆說道：「你好，我是邁克狐，這是我的助理啾颯。」

「啾！」

猴子老闆一把抓住邁克狐的手，激動地說：「邁克狐先生，這件事情你一定要幫我查清楚呀。」

邁克狐看著他的眼睛，溫和地說：「放心，你找到了我，就已經邁出了找到真相的第一步。」

猴子老闆的臉色稍微緩和了些，他伸出手領著邁克狐和啾颯進了屋子，同時開始說明案情，「昨晚我在家裡舉辦宴會，請了幾個生意上的朋友，大家都喝得醉醺醺的，迷迷糊糊之中，我好像說出了保險櫃的密碼。今天上午，我走進臥室一看，保險櫃已經被人打開，裡面的錢都不見了，嗚嗚……」

猴子老闆忍不住大哭起來，邁克狐和啾颯趕緊連聲安慰。這時，邁克狐一抬頭，看到了大廳裡的桌子，於是問道：「這就是宴會的現場吧？」

猴子老闆抹著淚點了點頭。

邁克狐看著散亂的酒瓶，說道：「看樣子大家都喝了很多。」

猴子老闆哽咽著說：「我們平時喝酒都有這個習慣，不醉不歸。」

邁克狐想了想，搖搖頭說：「能打開保險櫃的人必定知道密碼，如果你確定保險櫃密碼是昨天透露出去的，那麼嫌疑人只可能在客人當中，所以昨晚應該有人並未喝醉。」

猴子老闆嘆了口氣，說道：「我猜也是這樣。晚上大門緊閉，誰也進不來，況且外面還下著那麼大的雨。」

邁克狐接著問道：「昨晚你招待了哪些朋友？」

猴子老闆繞著餐桌回憶起來，他每走到一個座位就說出一個名字「有陸龜阿蒙，刺蝟珍珍……欸欸欸……」猴子老闆話還沒說完，突然腳下一滑，一屁股坐在地上。

原來，他踩到了一個酒瓶。邁克狐和啾颯趕緊跑過去扶起猴子老闆。這時，邁克狐驚訝地發現眼前這個位置的酒瓶堆得特別多，起碼超出其他位置的一倍，座位四周都快沒地方站了。

邁克狐指著酒瓶向猴子老闆問道：「這裡這麼多酒都是同一個客人喝的？」

猴子老闆揉揉屁股，緩緩說道：「那是喬伊喝的，他是一隻樹鼩，是我請來擋酒的。」

說到這裡，猴子老闆揚揚下巴，示意了一下樹鼩喬伊所睡的房間，說：「喏，他現在還躺在房裡呢，吐得一地都是，我都不敢進去了。」

邁克狐抬眼望去，透過虛掩的房門，看到了地上那一攤嘔吐物，邁克狐眉頭一皺，心想：「喝了這麼多，只怕要睡上三天三夜了。」

猴子老闆繼續說道：「原本，我擔心喝醉了，東西會被偷，於是請了他來替我喝酒。他也是盡力了，替我喝了這麼多酒。我把他送進房間後，看著大家都是一副醉醺醺的樣子，就想說自己喝一點沒問題，但沒喝多少我就醉倒了。」

邁克狐注意到喬伊旁邊的位置上總共不過三瓶酒，應該就是猴子老闆的位置了，他接著問道：「那你還記得你喝醉後有誰問

過你保險櫃密碼嗎？」

猴子老闆轉著眼珠回憶道：「我記得我做了一個夢，夢到我爸和我要養老金，我就告訴了他密碼。可能我就是在那時候說了夢話，把密碼告訴犯人了。」

邁克狐思索片刻，又問道：「你的朋友知不知道你想將這筆錢作為養老金轉交給父親？」

猴子老闆想了想，說：「我在宴會上提到過。」

邁克狐眼珠轉了轉，想了一會兒緩緩說道：「猴子老闆，我懷疑有人故意以你父親的口吻跟你說話，使你在喝醉的狀態下糊里糊塗地說出了密碼。」

猴子老闆微微點頭，說：「嗯，的確有可能。」

邁克狐露出堅定的眼神，說：「所以現在最重要的是找出那個沒喝醉的人。」

說完，邁克狐繞著餐桌仔細觀察，兩眼掃視著桌上的每一樣東西，突然他的鼻子動了動，感覺到一絲不對勁。他拿起一個酒瓶聞了聞，頓時滿臉詫異地問：「猴子老闆，這個位置是誰坐的？」

猴子老闆注意到了邁克狐的神色，走過去看了看那個位置，但沒發現異常，於是說道：「這是黃鼠狼班尼的位置，有什麼問題嗎？」

邁克狐將酒瓶伸向猴子老闆，說道：「你聞聞。」

猴子老闆接過去，輕輕嗅了嗅，隨即臉色一變，「不對，這不是酒，是水！這麼說班尼在騙我們，他沒喝醉？」

邁克狐嚴肅地說：「很有可能。」

猴子老闆一拍桌子，說：「我知道了，我們幾個朋友中只有班尼有車，所以我託他買好酒載過來，他一定是趁機做了手腳。他早就計畫好了。」

猴子老闆火冒三丈，捏緊了拳頭說道：「我去找他算帳！」

邁克狐一把拉住猴子老闆，指著樹鼩喬伊所在的房間，說道：「猴子老闆，喬伊現在還沒醒，可能需要人照顧。你告訴我們黃鼠狼班尼的地址，我們去找他。」

猴子老闆想了想，覺得有道理，於是鄭重地說：「那你們可一定要抓住他呀！」

邁克狐自信地說：「放心吧！」出了桃源公館的大門，邁克狐低著頭快速行走，啾颯在後面緊跟著。

「啾啾！（等等我！）」

邁克狐停了下來，但他不是在等啾颯，而是看著地面陷入了沉思。只見地上有兩條輪胎輾過的痕跡，由於昨晚的暴雨，路面很泥濘，所以痕跡很深。

「啾颯你看！」

啾颯抬頭順著邁克狐的目光看去，他起先不以為意，但突然像是明白了什麼，眼神一亮。

「啾啾啾！（黃鼠狼班尼！）」

邁克狐微微一笑，說：「沒錯，只有黃鼠狼班尼是開車來的，所以這痕跡是他的車留下的。」

邁克狐和啾颯沿著痕跡一路往前，到岔路口時，兩人停了下來。這裡的路往右是下山的主幹道，往左則是向上通往後山，痕跡是朝著上山的方向。

邁克狐一臉疑惑地說：「班尼怎麼沒回家，反倒把車開到後山去了？」

啾颯指著上山的路說：「啾。（跟上去。）」

往後山的路坑坑窪窪的，還有一堆擋路的石頭，越往前路面越不平整，邁克狐相信黃鼠狼班尼的車子開不了很遠。轉過一個彎，他和啾颯上了一片高地，眼前的景象頓時豁然開朗，他們看到一面大湖，又寬又廣，一片幽藍。

邁克狐一下子愣住了，車輪輾過的痕跡到了湖邊就消失了，車子呢？掉頭了嗎？那應該會有痕跡呀？邁克狐四下觀察，卻什麼都沒發現，突然，他想到一件可怕的事。

「不好！」

「啾！（不好！）」

邁克狐和啾颯同時說道，看來他們想到了相同的事情。兩人望著這片平靜的湖面，心情卻再也無法平靜。

一小時後，一片警報聲在湖邊響起。一個龐然大物對著湖面伸出長長的鐵臂，鐵臂前吊著一根堅韌的鋼索。這是一輛吊車，此時它正一點點地抬起鐵臂，鋼索隨之越拉越緊，湖面翻湧起浪花，嘩的一聲，一輛汽車被拉出了水面。

邁克狐心裡咯噔一下，最壞的事情果然還是發生了。看來，這已經不是竊盜案這麼簡單了，而是謀殺案。

汽車被穩穩地放在了湖邊，前來查案的豬警官急忙打開車門，發現死者坐在副駕駛座上。邁克狐一看，死者是一隻黃鼠狼，毫無疑問這就是班尼了。豬警官將班尼抱出來平放在地上，只見班尼四肢僵硬，顯然早已死亡。

突然，邁克狐想到了什麼，回頭進入班尼的車內四下翻找。

豬警官愣了愣，問道：「邁克狐，你找什麼呢？」

邁克狐像是沒聽到豬警官的問話繼續翻找，他從前座翻到後座，最後還打開了後車廂，可是什麼也沒找到。

豬警官又問一遍，「邁克狐，你到底在找什麼？」

邁克狐回過神來，回答說：「我在找錢，找猴子老闆被偷走的錢。」

豬警官恍然大悟，也開始在車裡尋找，可仍舊一無所獲。

邁克狐的表情變得更加凝重了，他緩緩說道：「從他用水冒充酒的行為來看，他的確有竊盜錢財的嫌疑，但他現在卻死在這裡，錢也不在車上。很可能有人殺害了班尼，並搶走了錢。黃鼠狼班尼的車是從公館開出來的，所以兇手有極大的可能是公館裡的人，也就是說昨晚沒喝醉的人可能還有一個。」

豬警官不禁打了個冷顫，說道：「這也太陰險了吧。」

邁克狐蹲下來仔細觀察黃鼠狼班尼，他發現班尼的手捏成一個拳頭，好像曾經掙扎過。邁克狐試著掰開，但拳頭握得很緊，邁克狐咬緊牙關用力也沒能掰開。

這時豬警官捲起袖子湊過來，說：「讓我來！」他伸出粗壯的手臂，只輕輕一掰，黃鼠狼班尼的拳頭就鬆開了。

豬警官有些得意地看了看邁克狐，但邁克狐沒注意他，而是緊盯著班尼的手。邁克狐抓起那隻手，從中輕輕拈起一個東西，眼神中發出一絲驚異的光芒。

「你們看！」邁克狐喊道。

豬警官瞇著眼睛仔細端詳，他看到了幾根細細的白色毛髮。這幾根白毛和黃鼠狼身上的黃毛完全不同，很可能就是兇手身上的。

「啾颯，你還記得猴子老闆邀請的客人有哪些嗎？」

啾颯眼珠滴溜溜地轉著，緩緩說道：「啾啾。（陸龜。）」

邁克狐搖搖頭，「不對！」

「啾。（刺蝟。）」

「不對！」

啾颯將宴會上的八個客人都說了一遍，可是邁克狐卻一直搖頭，他沒找到毛色能對應這幾根白毛的動物。邁克狐閉上眼睛，猴子老闆的酒桌在他的腦海中快速旋轉著。突然停頓在堆滿酒瓶的座位的畫面。

邁克狐不禁叫出聲來，「樹鼩喬伊！」

啾颯搖搖頭，說：「啾啾啾。（醉倒了。）」

邁克狐心裡一沉，說道：「是呀，他喝了那麼多酒，又醉得那麼厲害，並且樹鼩的毛色也不是白色的呀。」

邁克狐全神貫注地凝視著手中的白毛，突然，他像觸電般抖了一下，把啾颯和豬警官嚇了一跳。

「我知道了！」

邁克狐激動地看著豬警官，說：「豬警官，快帶我們去桃源公館，要快！」

豬警官看他這樣子，知道真相即將揭曉，於是用力地點了下頭，答道：「好！」

車子轟的一下發動了，坑坑窪窪的路面將車子震得都快飛起來了，二十分鐘的車程，豬警官用了不到十分鐘就抵達了。

邁克狐奪門而入，他一抬頭便看見猴子老闆站在二樓的陽臺上。

邁克狐大聲喊道：「猴子老闆，喬伊還在嗎？」

猴子老闆微微擺了擺頭，回答得有些遲緩，「不……不在了。」

邁克狐嘆了口氣，說：「喬伊很可能是犯人！」

猴子老闆依舊緩緩地說：「他醉得那麼厲害，怎麼會是犯人？」

邁克狐一甩身上的風衣，堅定地看著猴子老闆，說道：「喬伊不是一隻普通的樹鼩，如果我猜得沒錯的話，他應該是一隻筆尾樹鼩。筆尾樹鼩的酒量很好，根本不會喝醉。」

猴子老闆還是緩緩地說：「哦……哦……這樣啊，哈哈！」

邁克狐眉頭一皺，發現猴子老闆的表情有些僵硬，眼神有些驚恐。這時，一個陰險的笑聲從猴子老闆背後傳來。邁克狐定睛一看，只見從猴子老闆的脖子後面伸出一把白森森的刀子，一個小巧的身影隨後探了出來，他的模樣很像錢鼠，一身黑毛，可肚皮上的毛卻是黃色的，最引人注目的是他的尾巴，光溜溜的，末梢卻長著一撮毛，像一枝鵝毛筆，邁克狐一眼便注意到那撮毛正是白色的。

「喬伊先生，你果然是一隻筆尾樹鼩。」

這時，猴子老闆突然大喊：「邁克狐，救我！」

喬伊望著邁克狐，微微一笑，說：「想不到這麼快就讓你查到了，當我聽到警報聲向後山傳去時，我就知道可能被發現了。」

邁克狐直視著他，眼神中帶著一股閃電般的光芒，問道：「黃鼠狼班尼是你殺的對吧？」

聽到這話，猴子老闆驚訝極了，難以置信地問：「班尼死了？」

樹鼩喬伊沒否認，甚至還有些得意地說：「邁克狐，那你說我是怎麼殺死黃鼠狼班尼的。」

他一邊說，一邊將刀刃貼在猴子老闆的脖子上輕輕滑動。

他真是太囂張了！邁克狐按下心中的憤怒，說道：「你們筆尾樹鼩一向有『千杯不醉』的稱號，所以儘管你昨晚喝了那麼多酒，但絕不會醉倒，你是故意裝醉來矇騙大家。」

樹鼩喬伊聽到這裡，連忙反駁，「喂喂喂，我昨晚都吐成那樣了，你怎麼能說我沒醉！」

邁克狐哼了一聲，說：「其實催吐的方法有很多種，比如最簡單的，用手指按壓舌根，刺激喉嚨。」

喬伊裝出一副恍然大悟的樣子，說：「哦，原來還可以這樣。不過我是偷偷調了杯肥皂水喝了下去，肥皂水是可以催吐的。怎麼樣，我的方法很高明吧？嘿嘿……」

喬伊的語氣竟像是在等邁克狐來稱讚他呢，邁克狐沒好氣地瞪了他一眼，一時竟不知該說些什麼了。

這時，喬伊開了口，「行吧，就算你說對了。但我為什麼要裝醉？」

邁克狐答道：「因為只有你醉了，猴子老闆才會拿起酒杯。之後你就待在房間裡，騙取密碼的人是黃鼠狼班尼。你可能事先得知了他的計畫，才故意裝醉，暗中配合他。等班尼拿到錢後，你便襲擊他，還毀屍滅跡，讓他連人帶車沉到湖底。只要班尼失蹤了，那麼他就是最大的嫌疑人，而你則可以帶著錢逍遙法外。」

聽了邁克狐的話，喬伊的笑容慢慢消失，變成一副陰險的表情，說：「好吧，邁克狐，我承認班尼的確是我殺的。我發現他不斷向猴子老闆敬酒，我只能不停地喝，當時我就覺得他似乎有什麼目的，所以才裝醉，想看他要幹什麼。這傢伙也挺聰明，他趁猴子老闆喝醉，故意裝成一個老頭的聲音騙取保險櫃密碼，那時我才知道他的目的。到了凌晨兩點，他果然開始下手犯罪，他

科學小站

千杯不醉的筆尾樹鼩

筆尾樹鼩生活在熱帶地區，體型嬌小，形似錢鼠，因為尾巴長得像羽毛筆，所以才有了這個名字。筆尾樹鼩被公認為世界上酒量最好的動物，牠們以一種發酵的花蜜為食，這種花蜜裡含有不少酒精的，可牠們從來沒有喝醉過。據研究分析，這很可能是因為牠們體內有一種分解或排除酒精的生物機制。

沒想到我拿著一根棍子跟在他身後呢，嘻嘻。」

聽完他的講述，眾人心裡一驚，想不到這個個子小巧的傢伙，手段卻這麼狠毒。邁克狐看著猴子老闆，默默地為他捏了一把汗。

邁克狐問：「喬伊，那你現在想怎樣？」

樹鼩喬伊嘴角一揚，露出一個奸詐的笑容，「你聽好了，把你們的車給我，讓我離開格蘭島。如果你們敢耍花樣，哼！」

說到這裡，喬伊手上的刀猛地靠近猴子老闆，猴子老闆頓時面色慘白地喊：「不要殺我！」

邁克狐看了看豬警官，像是徵詢他的意見。豬警官微微點了點頭。

於是，邁克狐說道：「我答應你！」

猴子老闆顫顫巍巍地下了樓，尖刀仍架在他的脖子上。靠近警車的時候，樹鼩喬伊惡狠狠地對著邁克狐說道：「邁克狐，在我睡的房間床頭櫃裡有個皮包，你去拿來！」

邁克狐神色一變，意識到那個皮包裡裝的應該就是猴子老闆的錢。他對著喬伊淡淡地說：「你跑不了的。」

喬伊不以為意地笑道：「我只給你二十秒鐘，一，二，三……」

邁克狐無奈，只能奔向屋內，幾個箭步跑到了那個房間。只見床頭櫃上放著一個杯子，裡面的水還泛著些許泡沫，邁克狐立刻想到，這應該就是樹鼩喬伊昨晚喝剩的肥皂水了。

「十一，十二，十三……」

邁克狐急匆匆地打開櫃子，裡面果然有個皮包。這個喬伊的確是個心思縝密、膽大妄為的傢伙，誰能想到他竟敢把錢放在床頭櫃？

「十八，十九……」

喬伊的嘴緩緩動著，最後一個數字就要脫口而出。

「二十！」

「給你！」

邁克狐飛速跑來，將皮包往前猛地一拋，樹鼩喬伊側身去接。結果他剛抓住，居然又從手裡滑了出去。喬伊趕緊伸手去撿。就在這時，邁克狐猛地往前一撲，一把奪過了喬伊的刀子，將他壓制在地上。豬警官也立刻帶人上來捉住了喬伊。

樹鼩喬伊一臉的不甘心，咬牙問道：「邁克狐，你在皮包上塗了什麼，為什麼這麼滑？」

邁克狐淡定地說：「是你沒喝完的肥皂水。」

樹鼩喬伊突然愣了愣，不再掙扎了，他衝著邁克狐笑著說：「邁克狐，真沒想到能碰上你這樣的對手！真希望我們還能有機會再較量一番！」

邁克狐義正辭嚴地說：「只怕你沒這個機會了，你殺人奪財，準備接受正義的審判吧！」

04 可怕的聲音

在一個寂靜的夜晚，忽然響起奇怪的聲音，撕裂了居民寧靜的美夢。這個聲音高亢，像有一隻巨大的野獸正在森林裡徘徊，四下尋找獵物。

幽幽森林裡的居民都被這個聲音嚇醒了，松鼠露露用爪子把自己尖尖的耳朵蓋下來，長長的尾巴包裹住她蜷成一團的身體。

「又來了，這個聲音又來了……」

露露睜大眼睛在令人恐懼的黑暗裡一動也不動地等了很久，終於，窗外的夜色逐漸褪去，天亮了。露露一刻也不敢耽誤，急忙找邁克狐尋求幫助。

「幽幽森林一到晚上就會傳來野獸的吼叫聲？」聽完露露的講述，邁克狐正在切煎蛋的手停了下來。幽幽森林是個偏僻、美麗的森林，那裡有清澈的溪流和茂密的樹木，野花一年四季競相綻放，空氣中充滿了濃郁的花香，鳥兒們在明亮的陽光下放聲歌唱，每個走進森林裡的人都覺得心曠神怡。

原本只有一些原住民在幽幽森林生活，隨著交通越來越發達，更多的動物搬遷到此地居住，讓這個幽靜的森林一下子變得熱鬧起來。松鼠露露也是搬遷動物中的一員。

正當邁克狐沉浸在自己的思緒裡，豬警官氣喘吁吁地來了。

「邁克狐，你聽說了嗎？幽幽森林裡藏著一隻可怕的野獸，很多居民都被嚇得搬走了。奇怪的是，在幽幽森林追查的同事查了很久，連野獸的毛都沒看見，哼哼。」

豬警官小小的綠豆眼眨呀眨，笑得有幾分羞澀和靦腆，說：「現在，犀牛局長把調查任務交給了我，但我怎麼敢自己去面對那隻巨大又兇猛的野獸呢？所以我就來找你了，親愛的朋友！」

看來露露和豬警官求助的是同一件事。邁克狐穿上風衣，戴上帽子，再拿上從不離身的放大鏡，這才轉身對露露和豬警官說：「走吧，你們找到了我，就已經邁出了找到真相的第一步。」

露露帶著他們來到了幽幽森林的最深處，那一棟松果形狀的小屋就是她家。邁克狐打量四周，發現這個森林確實人煙稀少，每兩棟房子之間都隔著非常遠的距離。

「你聽見的聲音來自哪裡呢？」邁克狐問露露。

露露回想起來仍覺得心有餘悸，回答道：「就在臥室的窗外。那個聲音離我非常近，近得好像那隻野獸隨時會衝進來把我吃掉一樣！太可怕了！」

「窗外？」邁克狐繞著小屋走了好幾圈，又蹲下來拿起放大鏡仔細觀察地上的痕跡。

豬警官湊到邁克狐身邊蹲下，學著他的樣子摸了摸面前的土地，問：「找到什麼線索了嗎，邁克狐？」

邁克狐搖搖頭，說：「雖然聲音來自窗外，但窗外的地上沒有任何腳印，反倒是窗臺上有一點劃痕。」

豬警官嚷嚷起來，「沒有腳的野獸？難道是幽靈？」

露露也嚇了一跳，驚叫著蜷成一團，再次用尾巴包裹住身體。

邁克狐摸著下巴，提出了一個問題：「為什麼大家不認為這是一隻鳥，或者是其他長翅膀的動物呢？」

豬警官連忙擺手，說：「怎麼可能呢？哪裡有會發出這種可怕聲音的鳥！況且，要是他飛在空中，為什麼沒有拍動翅膀的聲音？我看，就是幽靈！」

邁克狐並不認同豬警官的猜測，他認為這個世間並沒有幽靈，況且他心中已經有其他猜想。

「再去問問別人吧。」邁克狐站了起來，往下一個居民家走去，向他詢問了關於野獸吼叫聲的事情。

「可怕的聲音？是的，是的，我也聽到了！這個聲音每天晚上都會出現，我已經好幾天沒睡好覺了，我正和妻子討論要不要搬出幽幽森林呢！」青蛙鮑比腫泡的眼裡布滿了血絲，看來他真的失眠很久了。

邁克狐在青蛙鮑比家搜查了一圈，還是沒發現任何野獸的腳印。不過這次，邁克狐在青蛙鮑比家的窗臺上撿到了一根灰色羽毛。

「這裡怎麼會有一根羽毛？」邁克狐將羽毛舉到眼前，疑惑地問。

「這有什麼好奇怪的？幽幽森林裡住著那麼多鳥，誰不小心掉落一兩根羽毛不是再正常不過的事嗎？」青蛙鮑比滿不在乎地回答。

邁克狐把玩著手裡輕飄飄的羽毛，若有所思地問：「豬警官，你覺得那隻野獸應該是什麼樣子？」

「野獸的樣子？」豬警官想了想說：「既然是野獸，肯定有尖牙利齒和血盆大口，就像老虎和獅子那樣。就我們小小的身體還不夠他們塞牙縫呢！」

邁克狐用放大鏡觀察羽毛，似乎在尋找上面遺留的蛛絲馬跡。豬警官搞不懂邁克狐為什麼盯著這根羽毛不放。

豬警官得不到邁克狐的回應，有些著急地說：「邁克狐，你有沒有在聽我說話呀？」

邁克狐點點頭，終於放下了羽毛，回應道：「那你說這隻野獸為什麼只在夜晚出沒呢？」

豬警官揪著自己的瀏海左思右想，終於支支吾吾地說：「難道是因為他不喜歡太陽？」

其實，邁克狐已經想到了答案，「那是因為他不能被別人看見他的樣子。其實，他根本不是野獸，如果被人看見了真實的模樣，就沒人會被嚇到了！」

邁克狐邊說邊往松鼠露露家走，豬警官一頭霧水地跟在後面，喊道：「邁克狐你說清楚呀！不是野獸是什麼？除了野獸，還有什麼東西能發出這麼可怕的叫聲？哎，邁克狐，你走慢點！」

時間一晃到了晚上，邁克狐和豬警官沒有回去，他們待在松鼠露露家，想要一舉抓捕那個野獸。

豬警官憂心忡忡地搓著蹄子，說：「需不需要我再叫幾個警察過來？我們只有三個人，萬一打不過野獸，反而被他吃了，那該怎麼辦哪！」

一向謹慎的邁克狐此時卻搖搖頭，滿不在乎地將棒棒糖塞進嘴裡仔細品嘗，說：「放心，這隻野獸沒有那麼可怕。」

這次，邁克狐只是設了個小小陷阱，提前在露露臥室外的窗臺上塗了厚厚的膠水。他的舉動讓豬警官感到更奇怪了。「邁克狐，就算你要用膠水抓野獸，也該塗在地上啊！窗臺那麼小，怎麼可能容得下野獸呢？」

邁克狐想到窗臺上的劃痕，胸有成竹地說：「你就等著看吧！」

夜幕很快籠罩下來，邁克狐囑咐露露把家裡的燈關掉，假裝已經休息了。露露照做後，三人在黑夜中靜靜等待，果然，沒過多久，那個可怕的聲音就在夜空中響了起來！

「來了，他來了！」

露露的眼眶裡盛滿恐懼的淚水，豬警官也嚇得瑟瑟發抖，他想躲到床底下，但想到自己是個警察，還是鼓足勇氣低聲詢問邁克狐，「真的是野獸的聲音！我們……我們要……衝出去嗎？但……但如果被吃了，該怎麼辦哪？」

邁克狐豎起食指放在脣邊做出噤聲的手勢，低聲道：「噓，再等等，他馬上就會過來了！」

果然，那個聲音由遠而近，最後停在了露露家的窗外！野獸的吼叫聲持續響起，豬警官和露露都抖成了一團，只有邁克狐仔細聆聽著窗外的動靜。

突然，野獸的吼叫聲停了，變成一個年輕男孩的聲音，「這是怎麼回事？這是什麼東西？」

「就是現在！」邁克狐彈跳起來，打開窗，像箭一樣撲了出去，一把按住了那個在窗臺上掙扎的身影！豬警官趕緊打開燈，當他看清那個在窗臺上掙扎的身影時，豬警官呆住了，被邁克狐按住的，竟然是一隻鳥！

這隻鳥的體型比其他鳥類大一些，尾巴很長，但又不像孔雀的尾巴那樣五彩斑斕，而是灰撲撲的像一把豎琴。此時，他的爪子和長長的尾巴都被膠水牢牢黏住，渾身膠水的他看起來狼狽不堪。

「邁……邁克狐，你是不是搞錯了？這是隻鳥啊！鳥怎麼會發出野獸的叫聲呢？」豬警官看到這隻鳥，驚訝到下巴都要掉到地上了。

「這可不是普通的鳥，而是一隻琴鳥。琴鳥可是動物界的模仿明星，不僅能模仿野獸的吼叫聲，還能模仿車的喇叭聲、斧頭砍樹的聲音等等，非常厲害！」邁克狐掏出了白天撿到的那根灰色羽毛，豬警官湊近一看，真的和琴鳥身上的一模一樣！

科學小站

聲音模仿大師琴鳥

琴鳥是原生於澳洲的鳥類，因尾巴展開的形狀像一把豎琴而得名。尤其是雄性琴鳥的尾巴羽毛特別發達，中央尾羽長而彎曲，類似古希臘時期的琴，因此得名「琴鳥」。這些特殊的尾巴羽毛是就是為了吸引雌性琴鳥。琴鳥最大的特點就是牠的聲音，牠不僅能模仿各種鳥類的聲音，還能模仿野獸的吼叫聲、火車噴氣聲、斧頭伐木聲，甚至能模仿人類的吆喝聲，琴鳥是動物界當之無愧的模仿大師喲！

邁克狐盯著琴鳥的眼神像老鷹一樣銳利，「現在能說明，你為什麼要模仿野獸的聲音嚇人了嗎？」

琴鳥高傲地昂著頭不肯開口，豬警官圓溜溜的小眼睛轉了轉，從包裡掏出一副鳥類專用手銬，銬在琴鳥的爪子上，故意嚇他，「現在不肯說，就回警察局裡去說！」

琴鳥畢竟年紀還小，手銬往爪子上一戴，又被豬警官這麼一嚇，馬上就崩潰了。他聲嘶力竭地哭喊著，「明明錯的是你們！是你們搶了我的家！憑什麼抓我！」

琴鳥這句話讓在場的幾個人都愣住了，松鼠露露手足無措地解釋：「沒有！這是我自己蓋的房子！我沒有搶走他的家！」

琴鳥的哭聲還在繼續，「整個幽幽森林都是我的家！我從出生起就住在這裡，我愛這裡的每一棵樹、每一朵花！你們這些不速之客闖了進來，不僅砍了樹木蓋房子，摘走了鮮花裝飾房間，還用汽車喇叭聲蓋過我們的鳴叫聲！樹木越來越少了，我很害怕有一天幽幽森林再也沒有半棵樹，那時候我該站在哪裡歌唱呢？」

松鼠露露看看自己的房子，又看看花瓶裡的鮮花，羞愧地低下了頭。

琴鳥的眼淚一滴滴落在窗臺上，很快匯聚成一汪淺淺的小水窪，他泣不成聲地說：「我沒有想過要傷害你們，只是想把你們嚇走，讓幽幽森林恢復成以前的樣子而已！」

邁克狐心情很沉重，他覺得，這些眼淚也滴在了自己的心上。

「這個……這個……」豬警官沒想到真相竟然是這樣，他趕緊解開琴鳥爪子上的手銬。「你別哭了，我這就去和犀牛局長彙報，我們一定會想出辦法解決的！」

後來，大家重新規畫了幽幽森林的建築用地，將更多的土地還給森林。很快，樹木與鮮花重新覆蓋了幽幽森林的土地，琴鳥也找回了自己的生活樂園，快樂地歌唱起來。

偵探謎題

竟然有人冒充邁克狐！還好經過一番推理，總算真相大白。邁克狐是一隻北極狐，是眾多狐狸中的一種，生活在較為寒冷的地區。偵探助理們，你們還知道哪些其他種類的狐狸嗎？牠們又各有什麼特點呢？

啾颯把解答這個問題的線索藏在本書第 30 頁到第 70 頁間的神祕數字裡。請你找到這些神祕的數字，再使用書末的偵探密碼本，找出最後的答案吧！

05 白馬莊園怪談

深夜，月光灑滿大地，此時格蘭島的每個角落都安安靜靜，大家都已進入夢鄉，只有一名盡職的貓頭鷹警員在夜間巡邏。他站在樹枝上，睜著明亮的大眼睛正在四處觀察，突然，從他身後的白馬莊園裡傳出了一聲驚恐的尖叫。

貓頭鷹警員的腦袋立刻扭轉了一百八十度，向後看去，這可是貓頭鷹的絕技，因為他們的脖子非常特殊，幾乎可以左右轉動二百七十度。

貓頭鷹警員立刻拍打著翅膀朝聲音來源飛去。他停在白馬莊園二樓的窗外，敲了敲玻璃，問道：

「你好，我是貓頭鷹警員。請問發生了什麼事？需要幫忙嗎？」

房間裡傳來一個聲音，「沒……沒什麼，我剛才做了一個噩夢，謝謝你！」

「那好吧，不過如果遇到困難，一定要及時通知我。」說完，貓頭鷹警員就展開雙翼，飛去其他地方巡邏了。

皎潔的月光透過窗戶，將一個瑟瑟發抖的影子映在地板上。

這棟房子就位於格蘭島十大怪談之一的白馬莊園，而坐在床上的正是這棟房子的新主人，著名作家紅鶴弗拉拉小姐。

此刻的她已經滿臉驚恐，驚嚇過度讓她的瞳孔放大，兩隻顫抖的翅膀正緊緊抱著被子。突然，那個讓她驚醒的可怕聲音又在臥室裡響了起來！

「嘎巴，嘎巴……」

弗拉拉被嚇得渾身羽毛都豎了起來，她一秒也不想待在這棟房子裡。弗拉拉從床上跳下來，胡亂披上一件外套，跑下樓去發動汽車，朝著城市駛去。

天才矇矇亮，啾颯就被一陣急促的敲門聲吵醒了，他從被窩裡爬起來，看到牆上的時針才走到四點的位置。啾颯撇著嘴有點不開心地說：「為什麼周末也不能讓人好好睡個懶覺啾！」自己好不容易才盼來一個能夠睡懶覺的周末，現在不得不早起，他真是太難過了。

門外響起了一個熟悉的聲音，「神探先生，啾颯，請開門！」啾颯拉開門，眼睛一下子就亮了起來。門外站著的，正是著名小說家紅鶴弗拉拉。

啾颯非常感謝這位在格蘭島上小有名氣的作家，因為弗拉拉以前來取材過，最後寫出了非常受歡迎的偵探故事。

啾颯拍打著小翅膀，將弗拉拉請進房間裡。她一坐在客廳的沙發上，眼淚就劈里啪啦地往下掉。

「啾颯，你聽說過格蘭島十大怪談嗎？本來我不信，可是最近發生了一些怪事，現在不得不信了。啾颯，我好害怕呀，嗚嗚……」

啾颯由於跟著邁克狐學習，一點也不相信這個世界上的什麼怪談、奇談、靈異事件是真的，那全都是騙人的，一定要相信科學。可是，啾颯學會的通用語有限，還不知道該怎麼把自己的想法告訴弗拉拉，他只能用翅膀尖輕輕拍著她的後背，給她安慰。

啾颯又從廚房拿熱巧克力給弗拉拉，讓她平復心情，還為了逗弗拉拉小姐開心，故意做出一副傻傻的表情，手舞足蹈地說話，「啾啾，熱巧克力，啾啾啾啾啾啾，嗖——啾啾！」

弗拉拉撲哧一笑，問：「啊？啾颯你在幹什麼呀？你是在跟我玩猜謎嗎？你太可愛了！可是，你到底在說什麼呢？我都聽不懂。」

啾颯急得團團轉，明明自己已經努力說清楚了。這時，一個沉穩的聲音從樓上傳來，「弗拉拉小姐，啾颯在說熱巧克力可以緩解人的緊張情緒，請你多喝一點，這樣你的煩惱就會咻的一下飛走了。」

這個聲音是邁克狐的！

只見他穿著筆挺的西褲，雪白的襯衫外面套著一件典雅的格紋背心，金絲框眼鏡反射出光芒。邁克狐來了，弗拉拉終於放下懸著的一顆心。可是等邁克狐一走近，弗拉拉才發現邁克狐眼睛裡有血絲。

邁克狐注意到弗拉拉有些擔心的表情，清清嗓子，說：「抱歉，昨晚在查一個案子，沒有睡好。」

說完，邁克狐為自己倒了一杯濃濃的咖啡，又把一杯熱牛奶遞到啾颯手裡。看著狼狽不堪的弗拉拉，邁克狐問道：「看樣子妳遇到麻煩了？」

弗拉拉的眼淚立刻落下來，她一五一十地將事情的經過說了一遍，然後憂心忡忡地問：「邁克狐先生，你說我是不是遇到了不乾淨的東西呀？」

邁克狐聽完，嘴角扯起一個帥氣的弧度，說：「這個世界上根本就沒有鬼怪，都是一些別有用心的人在搞鬼而已。不用擔心，既然找到了我，就已經邁出了找到真相的第一步。」

聽了邁克狐的話，弗拉拉鬆了口氣，但是沒一會兒又擔憂地說：「可是我聽過這個白馬莊園的傳說……」

弗拉拉繪聲繪影地講了起來：

「傳說，白馬莊園是一位英俊非凡的白馬伯爵為他心愛的妻子建造的，可是就在這座莊園建成後的當天，美麗善良的伯爵夫人卻突然染上了怪病，不但忘記了所有的事情，還整天瘋瘋癲癲、胡言亂語。

「白馬伯爵為了治好她的病，想了很多辦法，格蘭島上幾乎所有出名的醫生都被請到家裡來看診，甚至還請了牧師驅魔。可是伯爵夫人的病情卻始終不見好轉，甚至更加嚴重了，伯爵沒有辦法，只能將她關在房間裡。從那天起，人們總是能聽見伯爵夫人的房間裡傳來嘎巴嘎巴的聲音。更可怕的是，有一天，女僕像往常一樣過去送飯，打開房門，卻發現伯爵夫人竟然從房間裡消

失了！」

啾颯揮著翅膀，叫道：「啾啾！假的！啾啾！」

弗拉拉皺著眉頭，用一副不贊同的表情說：「可是我真的聽到了人們傳說的那個聲音，嘎巴，嘎巴，好像有人在抓木板一樣。」說到這裡，弗拉拉打了一個哆嗦，身上還起了雞皮疙瘩。

邁克狐若有所思地聽著，然後說：「看樣子，這件事情並沒有想像中那麼簡單。」說完，邁克狐抓起格子風衣，又朝身後還坐在沙發上的弗拉拉和啾颯說：「朋友們，還等什麼，我們馬上出發去找真相！」

車窗外，一棵棵參天大樹向後倒退，很快，一棟雪白的建築就出現在他們的眼前。邁克狐和啾颯一下車，就被眼前這棟氣派宏偉、精美絕倫的建築震撼了。

「真是一件藝術品啊，它是古典建築風格中的一種，被人們稱為巴洛克式，你們看，它門口的高大立柱與彩色的玻璃和房頂的雕塑形成了反差的美感，使這棟建築充滿了活力，展現出自由的風格。啊！竟然能在格蘭島上見到這樣優秀的建築。」

聽完邁克狐的說明，弗拉拉和啾颯更加敬佩邁克狐淵博的學識。不過，他們並未忘記此行的目的，很快，三人開始繞著房子周邊搜尋線索。

只聽到撲通一聲，一直跟在邁克狐身後的啾颯突然不見了。

邁克狐急忙向聲音的來源跑去，在牆角發現了一個用落葉虛掩著的洞口，洞裡傳出啾颯的叫聲，「啾啾，痛！痛！啾——」看來是落葉擋住了洞口，啾颯一不小心踩空掉下去了。

弗拉拉小姐立刻搬來一架長長的梯子，和邁克狐合力將它放進洞中，讓啾颯順著梯子爬上來。弗拉拉擔憂地問：「啾颯，你沒事吧？有沒有摔傷？」

啾颯拍了拍屁股，不僅拍掉了沾在身上的樹葉，還把一些細細的木屑一起抖了下來，接著啾颯就挺起小胸脯說：「啾啾，沒事，啾啾。」

而這些都被站在一旁的邁克狐看在眼裡，他聳聳鼻子，從啾颯的身上聞到了一股特別的氣味，那是屬於他們三人之外的其他人的氣味。邁克狐皺著眉頭看了看漆黑一片的地洞，回頭問弗拉拉小姐，「這個洞是做什麼用的？」

「賣房子給我的倉鼠仲介說，這個洞是白馬伯爵挖的地窖，為了儲藏一些過冬吃的食物。後來這棟房子因為出了那樣的怪事，所以一直沒人居住，地窖也隨之被廢棄了，我也從未進去過。」

倉鼠仲介？看樣子他知道不少事情呢！邁克狐的大腦飛速運轉起來，「如果按照倉鼠仲介所說的，這個地窖被廢棄多年，那麼這麼深的洞裡一定累積了大量的二氧化碳。如果沒有預先把地窖的洞口打開通風，有動物貿然進入，就會因為空氣中氧氣含量過少導致窒息。可是啾颯在地窖中待了好一會兒，卻什麼事都沒有，這就說明不久前地窖應該有被打開過。」

想到這裡，邁克狐對身邊的弗拉拉小姐提問道：「妳能跟我說一下，妳對這位倉鼠仲介的印象嗎？」

弗拉拉歪著腦袋想了想，說：「他很細心，很守時，為了讓這筆交易成交，他總是隨叫隨到。」

邁克狐點點頭說：「好了，現在我們該進去尋找線索了。」

進入房子後，邁克發現內部的裝修也非常豪華：大理石地面、木質旋轉樓梯、寬敞的大廳和閃閃發光的水晶燈飾。

「很豪華對吧？說真的，如果不是因為晚上總是聽到那個讓人害怕的聲音，這棟房子對我這個作家來說，簡直是完美的。」

邁克狐點點頭，他很同意弗拉拉的話，「這裡確實很不錯，不過……」邁克狐沒有繼續說下去，而是來到了弗拉拉的臥室中搜查線索，他還顧四周，沒發現任何異常。

如果聲音是從其他地方傳來的呢？邁克狐把目光投向臥室的牆壁，他用爪子在牆壁上輕輕敲擊，仔細聆聽牆壁傳來的回聲。

突然，一個奇怪的聲音出現了。

「啾颯，你聽，這裡的回聲變了。」

啾颯也學著邁克狐的樣子敲擊起來，而後衝著邁克狐連連點頭，說：「啾，沒錯。」

「從這個聲音推斷，床頭後面的這堵牆應該有一些地方被鑿空了。聲音在中空的牆壁間形成回聲，弗拉拉小姐晚上聽到的奇怪聲音很可能是從房子裡的其他地方傳過來的。」

啾颯立刻從小包包裡拿出筆記本，記錄下新的知識。

弗拉拉聽了，生氣地問：「什麼？難道有人在其他地方製造怪聲嚇唬我？是誰這麼壞？」

這時，一陣咕嚕咕嚕的聲音響起，啾颯的小臉唰的一下就紅了，小翅膀立刻抱著肚子不好意思地啾啾叫了兩聲，原來肚子餓了。弗拉拉立刻抱歉地對啾颯說：「哎呀，都怪我，這麼早就把你們找來。餓著肚子可不能查案，我幫你們做點吃的，但我不怎麼做飯，廚藝不好，你們別見怪。」

說完，弗拉拉就進了廚房。誰知道她一打開儲藏室的門，就尖叫起來，「呀——」

邁克狐和啾颯跑過去一看，也都被眼前的景象嚇了一跳。只見掛在櫃子上的香腸只剩下一串透明的香腸皮，被風一吹就像一串風鈴似的隨風搖擺；擺在架子上的麵包被咬成了蜂窩狀，還在

簌簌往下掉渣；籃子裡的馬鈴薯被輕輕一碰就嘩啦一聲碎成了許多小塊，真是太奇怪了。

邁克狐用手指測量著這些食物殘渣的大小，他發現，這些食物都被咬成了小指粗細的塊狀物。他的大腦飛快地運轉起來：夜晚傳來的奇怪聲音、房間牆壁裡出現的回聲、被咬成小塊的食物、啾颯身上的木屑和異味。

邁克狐的腦中閃過一道白光。「我知道了，造成這件事的嫌疑人很有可能就是他，不過我還需要一些更直接的證據。」說完他朝啾颯說：「啾颯，請你注意牆角是否有小洞或者奇怪的通道。」

啾颯腳跟一碰，立正站直後啾啾地叫了兩聲，表示收到命令。

於是，兩人就趴在儲藏室的地上找了起來，不一會兒，啾颯就有了發現。在架子後面的隱蔽牆角，有一塊小木片虛掩著一個非常小的洞口，如果不是啾颯細心，別人絕對發現不了。

邁克狐看著這個小洞，用爪子伸進洞裡摸索，收回爪子時，指尖上沾著一點細細的木屑。邁克狐的嘴角微微翹起，這下，他將線索全部串聯起來了。

接著，他在啾颯的耳邊說了句什麼，啾颯一邊聽一邊點頭道：「啾啾，收到，啾啾。」說完，啾颯就興匆匆地拍著小翅膀，衝出門去，留下一臉迷惑的弗拉拉小姐。

「今晚，我們應該就能看到裝神弄鬼的人了。」邁克狐說。

夜幕降臨，白馬莊園裡一片寂靜。忽然，一個細小的聲音從儲藏室的洞裡傳來。「吱吱，吱吱，好香啊，好像是高級火腿的味道。」

接著，吧嗒一聲，虛掩在洞口的小木片應聲倒下。小小的洞口鑽出一個毛茸茸的小東西，他胖胖的身子顯然和小小的洞口不太協調，他只能前腿用力，後腿猛蹬，這才吧唧一下從小洞裡彈了出來，在空中翻了幾個空翻，落到了木架旁。

他沒想到會弄出這麼大的響聲，嚇得一動也不敢動，過了一會兒，發現根本沒有引起別人的注意，他才抖抖毛，說：「吱吱，真是自己嚇自己！那隻傻鳥才不會發現呢，她每天就只知道寫呀寫呀。嘻嘻，這些好吃的，正好便宜我了。吱吱！」

啾颯偵探筆記

事件：有人在白馬莊園裝神弄鬼

地點：白馬莊園

已知線索：

1. 廢棄的地窖會堆積大量的＿＿＿＿＿，啾颯掉進去，待了好一會兒，卻＿＿＿＿＿，說明＿＿＿＿＿。

2. 啾颯身上沾上了樹葉和＿＿＿＿＿，身上還有＿＿＿＿＿的氣味。

3. 有一堵牆的一些地方被＿＿＿＿＿，聲音在中空的牆壁間形成回聲，所以奇怪的聲音很可能＿＿＿＿＿。

4. 儲藏室的食物都被咬成＿＿＿＿＿。

看著這些線索，啾颯的腦袋亂成一團。

小偵探你有什麼想法？你認為犯人是誰呢？在這裡寫下你的猜測吧：

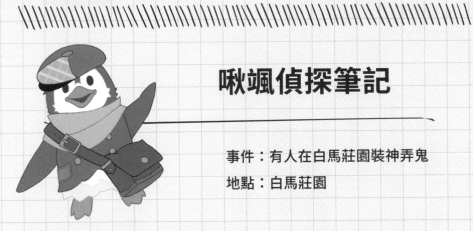

說完，那個小東西就飛快地爬上了木架，順著香味傳來的方向一路飛奔，終於，來到了那塊香噴噴的火腿前。「哇，好香啊，吱吱。」他一下子撲上去，用自己的兩顆大門牙嘎巴嘎巴地啃起肉來。

就在他把火腿咬成一個個小塊，準備塞進嘴巴的時候，儲藏室的燈亮了起來。三個影子正圍在一隻小小的倉鼠頭頂上居高臨下地俯視著他呢。

只見這隻小倉鼠叉開後腿坐在地上，兩隻前爪正抱著一塊火腿往自己的嘴巴塞。而此時，他的兩邊臉頰鼓得高高的，看起來就像嘴裡含著兩顆大大的氣球。那樣子別提有多搞笑了。

啾颯說：「啾啾，住手。」

晴好出版

Youtube

Facebook

喵的！歷史哪有那麼難

吾皇巴札黑隨堂考－大禹治水

西元前21世紀夏朝洪水氾濫，鯀受命治水，但成效不大，

於是舜命鯀的兒子禹治水。

請問，下列哪一種治水方式，才能有效防範水患呢？

(請於方格中打勾☑)

鯀採用障水法，在岸邊建設河堤，
短暫緩解了中原嚴峻的水患。
刨
刨
刨

☐ 採用障水法，在岸邊建設河堤。

來，往這邊走。

☐ 採用開渠排水、疏通河道法。

弗拉拉糾正道：「不對，應該是住嘴。」邁克狐說：「倉鼠仲介，或者叫你慣犯倉鼠先生，請你如實交代製造恐怖聲音的罪行吧。」

倉鼠仲介沒想到自己竟然會被當場抓獲，害怕得連連擺動他的小爪子，剛想張嘴解釋，嘴巴裡的東西就劈里啪啦地全都掉了出來。

「吱吱，不是的，不是的，我只是偷吃，別的什麼都沒做，你們不能冤枉我，吱吱！」

「我可沒有冤枉你，有三個證據能夠證明你就是製造恐怖聲音的人。第一，你們倉鼠的領地意識很強，身上會分泌一種特殊的氣味，用來標記範圍。今天啾颯掉進了地窖中，他身上沾染的氣味就是你的。而你就是利用地窖偷偷潛入室內，將牆體打通，讓你可以成功偷東西。能夠證明這一點的，就是我們在弗拉拉的臥室牆壁中發現的空隙。」

「第二，你還在儲藏室裡挖洞，隨意偷取其中的食物，而你們倉鼠又有一個特殊的習慣，就是先將食物咬成小塊，再塞進嘴巴裡特有的頰囊中，等到了安全的地方，才會把它們吐出來享用。」

「第三，啾颯在地窖裡還沾上了一些木屑，這些木屑是你在啃咬木頭的時候產生的。這也是因為你們倉鼠長有非常特殊的門牙，它們會不斷生長，所以你們需要經常啃咬堅硬的東西來磨牙，否則你們就會因為不斷生長的牙齒而不能進食，最終饑餓而死。所以，弗拉拉在夜晚聽到的嘎巴嘎巴聲音，就是你在磨牙。」

倉鼠仲介在邁克狐發現的鐵證之下，不得不點頭承認，自己確實就是那個在晚上發出怪聲的人。「可是，我真的不知道這聲音會讓她這麼害怕呀，我以為她就是為了聽這個聲音才住進來的——為了找靈感嘛！所以我才沒有出去磨牙。」

弗拉拉又好氣又好笑地說：「這麼說還是我錯怪你了？你作為仲介，私自住在客戶的房子裡，難道沒有問題嗎？」

啾颯也扠著腰氣憤地說：「啾，小偷，騙子，啾啾！」

弗拉拉報了警，警察將倉鼠仲介帶走了，法官命令倉鼠仲介在一個月內把被他破壞的部分恢復原樣，並且要做一千個小時的社區服務。

「可是，白馬莊園的傳說又是怎麼回事呢？」送走了警察，弗拉拉看著白馬莊園，憂心忡忡地問。

邁克狐推了推金絲框眼鏡，說：「或許這個能給你答案。」說完他將一張報紙遞給弗拉拉。

弗拉拉定睛一看，這竟然是十幾年前的報紙，而上面寫著的，則是格蘭島故事大賽第一名——「白馬莊園傳說」。

科學小站

把食物儲存在嘴巴的倉鼠

倉鼠是齧齒類動物，牠們有用來儲存食物的小袋子——頰囊，這個頰囊一直從臼齒延伸到肩頸喲。有了這個小袋子，牠們就能將找到的食物裝進嘴巴裡，然後把食物帶到安全的地方再慢慢享用！而且倉鼠的門牙會不斷生長，牠們必須經常磨牙，才能避免因為牙齒太長而影響牠們吃東西。

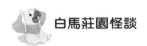

06

熊老闆的麵煎餅

「救救我呀，有沒有人啊……救救我呀……」

黑沉沉的夜幕下，街道拐角處的倉庫中忽然傳出一陣縹緲的叫喊聲，有氣無力的音調顯示出聲音主人此刻的虛弱。他對著空蕩蕩的街道徒勞地喊了幾聲，但很快，這個求救聲就像街角那盞路燈一樣熄滅了。

「老闆，我要兩個蜂蜜的！」

「老闆，我要牛奶的！」

「老闆，我要十個紅豆麵煎餅！」

清晨，熊老闆的店鋪門口一如既往地嘈雜擁擠，大家紛紛高舉著手裡的錢，爭相往店裡擠，唯恐晚一步，就搶不到噴香撲鼻的麵煎餅了。高高壯壯的熊老闆被人群圍在中間，又是收錢又是裝麵煎餅，忙得滿頭大汗。

「別急別急，都有！」熊老闆喊道。

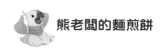

儘管這麼忙，熊老闆還是堅持將每個顧客的名字都記在了一個本子上，據他所說，這是為了能夠清楚知道每個客人的喜好，以便提供更好的服務。

邁克狐端著咖啡坐在茶壺別墅的餐桌前，隔著窗戶看著熊老闆家大排長龍的麵煎餅店，感慨自從熊老闆的店開起來後，整條街道都熱鬧多了，每天來買麵煎餅的顧客都快把這條街道上的地磚紋理磨平了。

「真的有那麼好吃嗎？」看著懷抱麵煎餅走出店門的客人一臉心滿意足的樣子，邁克狐也忍不住好奇起餡餅的味道來。

「買到了，啾！」這時，一大早就出門的啾颯抱著一個大袋子氣喘吁吁地從門外跑了進來，「噹噹，啾！」

「你一大早出去就為了買這個？」邁克狐湊過去看，雖然袋子裡的東西還沒露出真面目，但那股混合了麵粉香和蜂蜜香的氣味已經率先鑽進了他的鼻子裡。

邁克狐被這陣香味勾出了食欲，伸手拿出一個麵煎餅。麵煎

大熊麵煎餅

餅表面烤得金黃酥脆，一口咬下去，香濃的巧克力醬就流了出來，香甜的味道中似乎還混合著花朵的芬芳在唇齒間湧動，不知不覺就把一個麵煎餅吃完了。真好吃，難怪每天有那麼多人搶著買。

啾颯只吃了一口就被麵煎餅的美味勾住了，一邊吃一邊誇：「好吃！啾，快吃！」連巧克力醬滴到了衣服上都來不及管，只是一口接一口地繼續吃。

邁克狐意猶未盡地舔舔嘴邊的巧克力醬，還是克制住了再吃一個麵煎餅的念頭。「不能再吃了，一個合格的偵探必須有敏捷的身手，不然怎麼能追得到犯人！」

啾颯不好意思地摸摸自己圓滾滾的肚子，說：「啾，吃完，再減肥！」邁克狐無可奈何地搖了搖頭。

窗外的太陽落山時，邁克狐把厚厚的案件本合了起來，伸了個懶腰，活動了一下坐得僵硬的身體，正打算結束一天的工作。這時，啾颯敲響了辦公室的門。

「啾，好癢，啾！」啾颯一進門就躺在地上，用他的翅膀、尖嘴、爪子使勁撓著自己的身軀，「好癢，啾啾！」

邁克狐嚇了一跳，急忙撥開啾颯厚厚的絨毛去查看他的皮膚。只見啾颯的皮膚上布滿了密密麻麻的紅疹子，看上去就奇癢難忍，很多地方都被他自己抓破了，留下一道道怵目驚心的血痕。

「啾，好癢，好癢。」

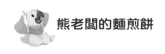

啾颯的體溫非常高，呼吸急促，說完這句話，他就閉上眼睛昏倒在邁克狐的懷裡。邁克狐趕緊抱著啾颯跑到醫院，邊跑邊喊：「醫生，醫生！這裡有個昏倒的病人！」

聽到邁克狐的喊聲，剛巡查完病房的啄木鳥醫生趕緊跑過來。查看完啾颯的情況後，回頭對山羊護士喊道：「又一個過敏患者，快安排病床！」

站在一旁的邁克狐敏銳地從這個「又」字裡聽出了端倪。

藥水順著點滴一滴滴流入啾颯體內，啾颯的呼吸很快平穩下來，體溫也慢慢降了。他已經安穩地進入睡眠。

啄木鳥醫生拿起啾颯胸口的聽診器，說：「病人已經暫時沒有生命危險了，但需要住院幾天，請家屬協助辦理住院手續。」

邁克狐攔住正要走出病房的啄木鳥醫生，問：「醫生，最近出現這種過敏症狀的病人很多嗎？」

啄木鳥醫生疲憊地點點頭，回答道：「最近忽然冒出很多過敏的病人，這個症狀很像花粉過敏，但現在已經是秋天了，花都快謝光了，怎麼會突然出現那麼多花粉過敏的患者呢？」

「花粉過敏？」邁克狐回味著這句話，啾颯這幾天的活動範圍就是家裡，怎麼會接觸到花粉呢？

第二天，邁克狐正在病房等待啾颯清醒時，豬警官愁容滿面地走了進來。

「豬警官，好久不見啊。是又有案子了嗎？」

「哼哼，對呀，最近接連有好幾起人口失蹤案件。我正四處找你呢，這可怎麼辦哪，邁克狐！」

邁克狐翻看著豬警官遞來的案件資料：麻雀安娜、鱷龜山姆、浣熊傑瑞……失蹤的居民真是不少啊！

邁克狐問：「他們都是什麼時候失蹤的？」

豬警官回答道：「就是這三天。我來醫院正要向麻雀安娜的家人詢問情況，沒想到就遇見你了。」

邁克狐喃喃道：「醫院？」

豬警官說：「是呀，哼哼，她的媽媽住院了，好像是因為過敏發作。」

過敏！邁克狐皺起眉。突如其來的過敏大流行，接連發生的失蹤案，這兩者之間難道有什麼關聯嗎？邁克狐立刻出發去找麻雀安娜的媽媽，詢問相關的情況。

「安娜那天出門去上學，就再也沒回來。三天了，不知道那孩子現在怎麼樣了！」麻雀安娜的媽媽抹著眼淚告訴邁克狐。

邁克狐問：「那請問，妳的過敏是什麼時候開始的呢？」

安娜媽媽回答：「就是安娜失蹤的前一天晚上。那天我和她爸爸都過敏了，是安娜把我們送來醫院的。」

邁克狐追問道：「那你們之前有接觸過花粉嗎？還是吃了什麼東西？」

安娜的媽媽仔細想了想，回答：「那天，我們的晚飯是安娜帶回來的麵煎餅，那個麵煎餅真是太美味了。但吃麵煎餅怎麼會過敏呢？」

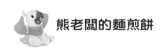

麵煎餅！邁克狐想到啾颯帶回來的那包麵煎餅，啾颯的過敏就是吃了那個麵煎餅後開始的！可自己也吃了，為什麼沒事呢？邁克狐仔細回憶著麵煎餅的味道：

酥脆的外皮，柔軟的餅皮，香濃的巧克力醬，對了，還有那股奇異的花香！邁克狐突然跳了起來，轉身就往醫院外跑。

豬警官著急地追上去問：「哼哼，邁克狐，你怎麼忽然跑了，是有線索了嗎？」

「就是那家店，那家麵煎餅店有問題！」邁克狐迫不及待地要去查清這件事的真相，一溜煙就把胖乎乎的豬警官甩遠了。

邁克狐一路跑到店門口，只見那裡大門緊閉。邁克狐繞著那棟小屋走了一圈，測了測圍牆的高度，找了塊大石頭來墊腳，手腳並用地翻進了院子裡。落地後，邁克狐拍掉身上的塵土，感嘆還好自己尚未長胖，也幸虧這個圍牆並不是很高。要是圍牆再高一點，憑他的身手可就翻不過來了！

一進到院子裡，邁克狐就聞到了濃烈的花香。這個小小的院子裡種滿了一種紫色的野花，雖然已經是深秋了，但這種花仍然開得十分嬌豔，在微風下散發出清幽的芳香。邁克狐認出來，這是在格蘭島上極少見的香蘭草。

正當邁克狐小心翼翼地在院子裡觀察時，身後突然傳來一個渾厚的聲音，「你是誰？」

邁克狐回頭，看見了熊老闆高大的身影。「原來你就是罪魁禍首！」

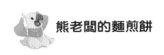

邁克狐嚴厲的神色嚇壞了熊老闆。熊老闆連連後退，高大的身影因為恐懼而縮成一團，顫聲問：「你在說什麼呀？我只是一個麵煎餅店的老闆，我犯了什麼錯？」

邁克狐厲聲道：「你將香蘭草加進了麵煎餅裡，害得吃了你的麵煎餅的小動物紛紛過敏發作，這個罪名還不夠嗎？」

熊老闆慌張地擺手，說：「我不知道香蘭草會導致過敏啊！我只是覺得它很提味，才加在麵煎餅裡！我不是故意的呀！」

邁克狐牢牢抓住熊老闆，以防他逃跑，「這些話你留到法庭上去說吧，我的助理啾颯現在還躺在醫院裡呢！」

熊老闆愣了愣，問：「你的助理？那你也吃了麵煎餅嗎？你沒有過敏嗎？」

邁克狐回答：「是的，就算有過敏原，也並不是所有動物都會過敏。無論你是不是故意的，都要為你的錯誤付出代價，跟我走吧。」

熊老闆抓緊邁克狐的衣袖哀求，「是的，我知道我有錯！我肯定會跟你走！但是能不能讓我先去和女兒說一聲？她生病了，正在睡覺，要是醒來看不見我，她會害怕的！」

熊老闆的話讓邁克狐有些心軟，他看著一臉真誠的熊老闆，終於點了點頭，說：「去吧。」

雖然同意了熊老闆的請求，但為了防止他耍花樣，邁克狐一路緊跟著熊老闆走進房裡。

熊老闆雖然對邁克狐表現出感激涕零的樣子，可是邁克狐在

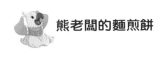

他身後，並未看見他眼中狂熱的火苗。

「謝謝、謝謝、太謝謝你了。能不能請你再幫我一個忙呢？」

邁克狐問：「什麼？」

一直表現得憨厚乖順的熊老闆忽然神色一變，轉過身，用力把毫無防備的邁克狐壓到地上。

「你……你做什麼！」邁克狐驚怒交加，在他拚盡全力掙扎時，一根細小的針頭快速插進了他的血管裡。在昏迷的前一秒，邁克狐只恨自己太過大意：他怎麼能相信一個罪犯的話！然後，邁克狐就陷入了一片黑暗之中。

不知道過了多久，一個清脆又虛弱的聲音傳入了他的耳朵，將他從黑暗中拉了出來。

「醒醒，快醒醒，你是神探邁克狐嗎？」

邁克狐艱難地睜開眼，失蹤了三天的麻雀安娜此刻竟然出現在邁克狐眼前！只不過她的整個身子被繩索牢牢綁住了，而待在她身邊的，正是其他失蹤者，原來所有失蹤的人都在這裡！

「是熊老闆把你們抓來的嗎？他還做了什麼？」邁克狐問。

麻雀安娜抽泣起來，「他不停地抽我們的血！」

「抽血？為什麼他要抽你們的血？」

忽然，熊老闆的話在他的腦海中響起，「你也吃了麵煎餅嗎？你沒有過敏嗎？」

就是在邁克狐回答了這個問題之後，熊老闆的態度才忽然轉變。這兩句話此刻成了至關重要的線索。

邁克狐問大家，「你們都吃了麵煎餅，但沒有過敏對吧？」

麻雀安娜點點頭。

邁克狐心頭的疑雲越積越厚，熊老闆煞費苦心地把香蘭草混進麵煎餅裡，又綁架了沒過敏的小動物，獲取他們的血液，難道是在做什麼實驗嗎？

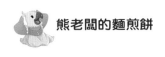

此時，房間的門被推開了，熊老闆手捧一個抽血裝置走到邁克狐面前，熟練地把針頭插進邁克狐的血管裡。邁克狐想掙扎，但被繩子綁得動彈不得。鮮紅的血液順著邁克狐的血管流到透明的瓶子中，熊老闆盯著手裡溫熱的血液瓶輕輕說了一句：「這次一定會成功！」

邁克狐心中已經有了對整件事情的猜測，於是開口道：「熊老闆，你根本不是做麵煎餅的廚師，你做這一切，是為了研發對抗過敏的藥物，對吧？」

熊老闆略微一頓的動作證明邁克狐的猜測是正確的。比起逃生，事情的真相對邁克狐來說更加重要。

邁克狐接著問：「既然是研發藥物，為什麼不透過正當手段呢？」

熊老闆的表情一下子變得猙獰起來，怒吼道：「你懂什麼！再這麼拖下去，就來不及了！」

他粗暴地推開邁克狐，砰的一聲關上門，離開了。大家被突然發怒的熊老闆嚇到了，好一會兒都沒人說話。

「怎麼樣，大偵探，想到救我們的辦法了嗎？」浣熊傑瑞打破了房間裡的沉寂。

邁克狐仔細想了想，眼睛忽然一亮，問：「鱷龜山姆在哪裡？」

浣熊傑瑞的眼睛鄙夷地往角落一斜，說：「你是說那個老傢伙嗎？他被綁在那兒，成天都在睡覺！」

邁克狐轉過頭，果然看見一隻大龜被四腳朝天地綁在地上，他似乎毫不擔心自己的處境，竟然睡到鼾聲大作。

邁克狐喊道：「山姆，山姆！快醒醒山姆！」

在邁克狐不停地呼喚下，鱷龜山姆垂著的頭動了動，他似乎想把身子轉一轉，看是誰在叫他，但由於身子被翻了過來，根本動不了，山姆就放棄了，他睜開眼慢悠悠地問：「誰在叫我？」

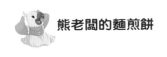

邁克狐興奮地問：「山姆，我現在挪到你那邊，你幫我把繩子咬開行嗎？」

浣熊傑瑞聽了，在一邊難以置信地大聲嘲笑道：「你叫一隻老龜幫你咬開繩子？大偵探，你的腦子似乎不靈光啊！而且這種繩子那麼粗，連我的牙齒都咬不斷，更別說這隻老龜了！」

邁克狐貼著牆蜷縮起身子，用屁股的力量艱難地朝山姆的方向挪動，解釋道：「山姆是鱷龜，咬合力可達四百五十公斤。繩子對他來說完全沒問題。」

浣熊傑瑞搖搖頭說著風涼話，「就憑他這隻笨重的龜？我不信。」

邁克狐懶得搭理浣熊傑瑞。此時，他終於挪到了山姆面前，把背後捆著的手往山姆嘴邊湊，鼓勵道：「加油，你肯定可以的！不過，小心別咬到我的手！」

「繩子我倒是沒咬過，不過既然你相信我，那我就試試吧。」山姆的語調還是慢悠悠的。他費力地抬起頭，張開嘴，把自己的尖喙固定在繩子上，慢慢用力，繩子在他的嘴裡咯咯作響。很快，邁克狐聽見了「啪」的斷裂聲，他激動地抖抖手，繩子果然應聲鬆脫。

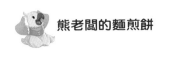

邁克狐興奮地說：「山姆，你太棒了！」

邁克狐隨即幫大家解開繩子，又輕輕打開倉庫的門，繼續解開熊老闆隱藏的真相。

倉庫前面就是熊老闆的家了。邁克狐走到窗前，看見一樓的房間裡堆滿了各種實驗器具，熊老闆正背對著邁克狐將血液慢慢倒進提取裝置裡，專注地提取成分，研究藥物。

邁克狐躡手躡腳地繞過熊老闆，來到另一間房門前。似乎是為了保持屋內通風，房間並沒有關門。邁克狐把頭伸進去，看見房間的大床上，睡著一隻小熊。這隻小熊雙眼緊閉，呼吸急促，和啾颯過敏的症狀一模一樣。熊老闆沒有說謊，他真的有一個生病的女兒。

看到這一幕，邁克狐已經推斷出前因後果：熊老闆的女兒得了特殊的過敏症，症狀比其他小動物都嚴重，目前在醫院裡沒有解決的辦法。熊老闆這才想出開麵煎餅店的方法，目的就是找出對香蘭草不過敏的動物，利用他們的血液研發藥物，為女兒治

科學小站

什麼都能咬斷的鱷龜

大鱷龜（學名：Macrochelys temminckii），又叫真鱷龜，是大鱷龜屬的一個種，是世界上最大的淡水龜之一。因為身上的皮膚和鱷魚很像，所以被叫作鱷龜。鱷龜雖然看起來憨厚笨重，但牠的咬合力可達四百五十公斤。鱷龜性情兇猛且具有攻擊性，千萬別去惹牠喲！

病。

邁克狐又悄聲走到熊老闆研發藥物的房間門口，觀察起來。他看得太專注，不小心碰到了門邊堆放的實驗器材，玻璃器皿發出了清脆的聲響。熊老闆聽到了，猛地轉過頭，驚訝道：「邁克狐，你是怎麼逃出來的？」

邁克狐急忙後退幾步，他知道，以自己的體格肯定難以和熊老闆肉搏，只能智取。於是，他試圖安撫熊老闆，「你先冷靜點！你應該馬上送你女兒去醫院，不然她真的會有危險！」

「醫院太慢了！又要辦手續，又要做實驗，等他們研究出藥物，我女兒早就沒救了！何況我自己已經想到了辦法。之前利用那些動物的血液做成的藥物，已經讓溫蒂的症狀緩解了，只要抽乾你的血，溫蒂一定會醒的！」

熊老闆一步步朝邁克狐逼近。邁克狐被困在角落裡，還來不及反抗，就被熊老闆抓住尾巴提了起來。

「這次，看你往哪跑！」

邁克狐被倒吊著，渾身的血液都沖向頭頂，讓他有些頭暈目眩。他焦急地想要拱起身子用尖利的爪子反擊熊老闆，但是缺乏鍛鍊的他失敗了。

「放下他！」千鈞一髮之際，豬警官的聲音突然在門邊響起。此時他正用手槍指著熊老闆，姿勢帥氣英勇。豬警官身後的警員一擁而上，快速制伏了熊老闆。

邁克狐坐在地上喘氣，笑著看向豬警官，說：「謝謝你，來

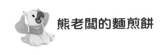

得很及時嘛。」

豬警官撥撥自己那帥氣的瀏海，得意地說：「你提到熊老闆的店，我就一路追查過來了。別忘了，我可是一名警員！」

案件很快便偵破了，事情的真相與邁克狐的猜測完全一致。

熊老闆以前是一名醫生，他的女兒溫蒂在野外玩耍時誤食香蘭草，導致過敏，症狀十分嚴重。香蘭草過敏是罕見疾病，醫院找不到根治的辦法。但熊老闆發現，利用對香蘭草不過敏動物的血液可以製成特效藥，但實驗核准程序複雜，溫蒂的病情已經等不了了。於是，救女心切的熊老闆就策畫了這一切。

由於熊老闆事先已經研製出抗過敏的特效藥，在醫生們進一步研究、實驗後，這種藥終於治好了其他人的過敏，溫蒂也睜開了眼睛。

聽到女兒平安的消息，已經入獄的熊老闆如釋重負地大哭，「邁克狐，我一直很想和你說聲對不起。我不想傷害你們，但我太愛溫蒂了，我不能眼睜睜看著她死在我面前。」

邁克狐替熊老闆擦乾眼淚，說：「等你出獄後，再開一家麵煎餅店吧。我們都很想念你做的麵煎餅，這次別再放香蘭草了！」

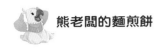

07 真假邁克狐

夏天，天氣漸漸變熱，又到了邁克狐一年當中最不想出門的日子。隨著氣溫的變化，邁克狐雪白的毛色也逐漸變成青灰色，要到冬天才會再次轉白。

於是，邁克狐就心安理得地待在家，決定度過漫長愉快的假期。畢竟神探也是需要休息的。邁克狐正舒舒服服地看著書，啾颯則是坐在電視前看新聞。

又一個平靜的假日開始了，然而，電視裡卻傳來一個令人震驚的消息。

「……神探邁克狐大顯身手，在南部的沙漠小鎮破獲九十九起案子！」

邁克狐放下手中的書，看到電視裡正在播放對神探邁克狐的採訪——格子風衣、貝雷帽、單邊金絲框眼鏡……電視裡的「神探邁克狐」正得意揚揚地分享自己的破案心得。可是邁克狐卻感到十分震驚，因為他知道，電視裡的這個人根本不是自己！

啾颯被嚇了一大跳，手一抖，茶杯飛到天上，然後砰地砸到了自己頭上。但啾颯卻顧不上自己的腦袋，他震驚地望著邁克狐，又疑惑地看向電視問：「啾啾？這是你嗎？」

邁克狐搖著頭說：「不，啾颯，這不是我。你看，他的毛色現在還是雪白的。而我們白狐的毛色到了夏天就會變成青灰色——這個人在假冒我！」

說完，邁克狐換上另外一身衣服，穿上全套防曬裝備，氣勢洶洶地出門了。「走吧，啾颯，雖然我很討厭炎熱的地方，但是我們有必要去沙漠小鎮見見這個冒牌貨。」

沙漠小鎮昨晚久違地下了一整夜大雨，今天在烈日的烘烤下，就像巨大的蒸籠。生活在寒冷地區的邁克狐和啾颯難受極了，他們一邊搧風一邊趕緊來到最繁華的商業區，鑽進開著冷氣的商店裡。

「呱，感謝神探邁克狐呱，幫我找回了貨物呱！雖然沒有抓

科學小站

會變裝的白狐

邁克狐是白狐，白狐又稱「北極狐」，在冬天和夏天身體毛色的差別很大！白狐每年換毛兩次，在冬天，除了鼻尖和尾尖，毛色和周圍的雪一樣白，而到了夏天，毛色就會變成和周圍凍土顏色相似的青灰色，這是白狐適應外界環境的一種表現，也就是所謂的保護色！

到那個可惡的小偷，但是我相信你，呱！」

「對！相信邁克狐！」

「對！相信神探！」

邁克狐和啾颯對視一眼：來對地方了！

他們湊近一看，一隻長得很像邁克狐的狐狸正站在人群之中接受表揚！他也穿著格子風衣，戴著金絲框眼鏡，有著雪白的毛色，唯一奇怪的是，這隻狐狸戴著手套。只聽他開口說道：「謝謝各位信任我。下次我一定能抓到那個小偷！」

這就是那隻假冒邁克狐的狐狸！啾颯捲起袖子就要衝上去揭穿他的偽裝，可是一隻毛茸茸的爪子卻抵在啾颯圓滾滾的腦袋上阻止了他。邁克狐揉揉啾颯的腦袋，低聲說：「啾颯，這件事沒有那麼簡單。」

隨後，邁克狐做出了讓啾颯震驚不已的行為。只見邁克狐揉揉臉，換上一個崇拜的笑容衝了上去，一把握住了假邁克狐的手，說：「天哪，是神探邁克狐！你是我的粉絲！」

大家紛紛看向這個冒失的小夥子。

「喔喔，不對，我是你的粉絲！我太激動了！」邁克狐假裝不好意思地說。

而假邁克狐先是一愣，然後從邁克狐的爪子裡抽出自己的爪子，「謝謝你這麼支持我。」

邁克狐繼續熱情地說：「我想聽聽你破獲這起案子的過程！你的每一次採訪我都有看，我一直夢想能成為像你這樣的神探！

你可以教我怎麼推理破案嗎？」

邁克狐的話語像連珠砲一樣射出來，所有人的目光也都聚焦到假邁克狐身上。大家都很好奇神探邁克狐這一次是透過什麼精妙的推理找到失竊的貨物。

「咳咳，」假邁克狐咳嗽兩聲，「那個……破案是很複雜的事情……一時半刻講不清楚。」

邁克狐眼裡像是有光芒一樣，不依不饒地一把抓住假邁克狐的手腕，說：「我可以花很多天來聽課，我想學如何當偵探，我就想學怎麼當偵探！」

大家聽了，紛紛激動地附和道：「對！辦講座！」

「我們也想當偵探！」

在眾人的目光下，假邁克狐只好嚥了嚥口水，大聲說：「好，明天我就開一個偵探講座，大家一起來聽！」

圍觀的群眾紛紛歡呼，「耶——太好了，我們明天一定會去參加！」

邁克狐則心滿意足地離開了。

旅館裡，啾颯還在生氣呢！要知道，神探邁克狐是他最最崇拜的人了，他怎麼能允許別人打著邁克狐的名義在外面欺世盜名呢！

「啾啾，冒充，騙人啾！」

邁克狐卻沒生氣，他愉快地剝開一根棒棒糖塞進嘴裡，說：

「啾颯，別生氣了，明天有一件非常重要的工作要交給你呢。」

說完，邁克狐把爪子伸向好奇的啾颯，啾颯這才看到，邁克狐的爪子上有白色顏料。

與此同時，離這裡不遠的另一棟房子裡的人，可就不像邁克狐他們那樣有閒情逸致了。

一隻紅色的狐狸在家裡不停地走來走去轉圈圈，火紅的尾巴焦躁地甩動著，嘴裡不停地念叨著，「怎麼辦怎麼辦，怎麼會忽然有人跑出來要我開講座！要是被發現是我假冒的該怎麼辦！」

原來，這隻紅狐狸就是假扮邁克狐的不法分子麥麥克！這時，房間裡傳出另一個聲音。

「該怎麼做就怎麼做，你看了邁克狐那麼多影片，隨便編兩句就行了。別想那麼多了，快把這次的工錢給我。」

熟悉的聲音在背後響起，麥麥克轉身一看，一隻壁虎懶洋洋地趴在窗臺上望著他。麥麥克被嚇得往後一坐，驚訝地說：「壁虎小弟，你怎麼跟原本不一樣了！你的身體看起來短了好多！」

壁虎小弟聽了麥麥克的話，柔軟的身軀挺直了，生氣地說：「還不是因為那個蛙蛙老闆的倉庫機關。我進去後才發現貨物竟然裝在一個鐵盒上面，有個天平，兩邊同時有重量才能打開。」

麥麥克疑惑地問：「所以呢，你為什麼變短了？」

壁虎小弟沒好氣地回答：「所以我就弄斷自己的尾巴，放到另一邊的天平上了！」

天哪！麥麥克坐在地上，震驚地盯著短了一截的壁虎小弟，難以置信地說：「弄……弄……弄斷了尾巴？」

「別這麼大驚小怪，我們壁虎的尾巴斷了還能再長。麥麥克，別廢話了，快把錢給我！」

麥麥克把今天蛙蛙老闆付的破案報酬分了一半給壁虎小弟，壁虎小弟拿了錢，就大搖大擺地扭動著離開了。

「哈哈哈哈，神探麥麥克，合作愉快，合作愉快呀！」

「神探」這兩個字傳進麥麥克耳朵裡，就像針一樣刺耳，讓他難受極了。可是已經沒有回頭路了。

麥麥克打開電視，重播起邁克狐的每一支破案影片，思考著明天的偵探講座該怎麼辦。

到了第二天，火熱的太陽掛在天上，烤得沙漠閃著一片金光，然而熾熱的溫度並沒有嚇退看熱鬧的人群。會場上人山人

科學小站

壁虎

壁虎屬於蜥蜴類，牠們在正常生活中不會斷尾，但當遭遇危險的時候，一些壁虎尾巴部分的肌肉會強烈收縮使尾巴斷落，吸引敵人的注意，然後逃跑。過一段時間，牠們的尾巴就能重新長出來了！

海，在蛙蛙老闆的熱烈吆喝下，沙漠小鎮的所有居民都好奇地來到這裡，想要聽聽傳說中的神探邁克狐到底是怎麼破案的。

麥麥克此時已經裝扮成神探邁克狐的樣子，戴著貝雷帽，身披格子風衣，戴著金絲框眼鏡，一步一步地走上講臺。

「咳咳，大家好，歡迎大家來到我神探邁克狐的偵探講座。」麥麥克有些緊張地說：「大家想知道什麼呢？」

真正的邁克狐繼續偽裝成狂熱粉絲，大聲喊道：「我想知道你是怎麼找到蛙蛙老闆的貨物的！」

麥麥克緊張極了，因為他根本不會推理，只是和壁虎小弟串通好了而已呀！麥麥克只能結結巴巴地說：「那……那個嘛……就是……我早上在倉庫外面發現了一些腳印，跟著那個腳印走，就……就找到了嘛！也許是小偷沒來得及運走……」

「哦？」邁克狐在臺下假裝天真地問：「可是那晚不是一直在下雨嗎？無論留下什麼腳印，都應該會被雨水沖掉吧！」

蛙蛙老闆也附和道：「對呀，神探，我確實沒看到什麼腳印啊！」

正當麥麥克支支吾吾不知道如何解釋的時候，從他的頭頂上方忽然降下一盆水！

嘩啦啦，水全澆到了麥麥克的身上，他的帽子、衣服和毛髮全都被打濕了。如果仔細看，還會看到一些乳白色的液體從他的毛髮裡流出來。

會場一下子亂成一團，麥麥克用濕漉漉的風衣裹緊自己，迅速跑向後臺，只留下一句：「我回去換身衣服，馬上就回來！」

大家你看看我，我看看你。蛙蛙老闆感嘆道：「不愧是神探邁克狐，真講究。天氣這麼熱，要是我的話，才懶得換呢，曬一曬就乾了！」

只有邁克狐在臺下微笑著，他看見啾颯遠遠地朝他比了個OK的手勢，知道一切都準備好了。過了很久，麥麥克都沒有出現，人們不由得你一言我一語地討論起來。

「怎麼回事，邁克狐怎麼還不出來？」

「難道是出事了？」

會場上擔心的聲音越來越大，邁克狐和啾颯趁機走進後臺，把麥麥克揪上講臺。麥麥克捂著臉剛站到臺上，就引起了一陣譁然，「天哪，這是怎麼回事？」

臺上麥麥克的毛髮看起來硬硬的，而且白色的顏料根本蓋不住他火紅的毛色。麥麥克完全露餡了！邁克狐一把摘下麥麥克頭頂的帽子，說：「如果我猜得沒錯，你根本不是神探邁克狐，而是串通小偷的犯人！」

什麼！邁克狐這番話引起了軒然大波，大家瞪大了眼睛盯著臺上的兩隻狐狸。邁克狐向麥麥克繼續解釋道：「我昨天和你握手時，就發現你雪白的毛色不是天生的，而是用顏料染成，所以這麼熱的天氣你也要戴上手套，就是怕在接觸中留下白色的顏料粉末。

「為了揭穿你，我特意請我的助手在你的顏料裡加入了白膠。白膠在乾燥之後會變成固體，這樣你就原形畢露了。」

蛙蛙老闆震驚極了，他大聲問道：「呱呱，就算他冒充邁克狐，但是他也有幫我們找到了這麼多被偷的東西呱！」

邁克狐搖搖頭，嘆氣道：「你們也看到了，剛剛他的表現證明了他根本不會推理。如果我沒猜錯，他應該是和竊賊串通好了，透過騙大家的酬金來賺錢吧。」

被說中了一切的麥麥克撲通一下跪坐在臺上，說：「對……你說得沒錯。我是麥麥克，不是邁克狐。我……我的夢想就是成為像邁克狐那樣的大神探，可是我太笨了，只能通過這樣的方式得到大家的讚美。不過，我以前沒在沙漠小鎮見過你，你……你剛來怎麼就能知道這麼多事情呢？」

只見邁克狐取下頭頂的貝雷帽，金絲框眼鏡在陽光下閃閃發光「因為，我就是神探邁克狐，任何罪惡都逃不過我的眼睛！」

就這樣，神探邁克狐揭穿了冒充他的麥麥克，就像他說的那樣，任何罪惡都逃不過他的眼睛。對了，在麥麥克的招供下，小偷壁虎小弟也被送進了監獄！

要記住，任何不屬於自己的東西，都不要通過不正當的手段獲得喲！

偵探小劇場
艾琳娜娜
格蘭島北部森林的花店店主。
她熱情陽光、溫柔可愛。
把錢都交出來！
艾琳娜娜小姐別怕，我來幫你。
不用了，我自己解決！
兩分鐘後……
艾琳娜娜小姐太厲害了！

偵探密碼本

邁克狐的偵探事務所裡，有一個被珍藏的密碼本。當偵探助理們在書中遇到謎題時，可以根據謎題中留下的數位線索，透過密碼本將數位轉化為英文字母。不過，其中有一個英文字母是多餘的，去掉它才能組成正確的單詞喲。。快來和啾颯一起，成為邁克狐的得力助手吧，啾啾啾！

	1	2	3	4	5	6
1	R	W	T	Y	E	P
2	K	S	B	D	G	R
3	Q	C	J	O	I	M
4	F	S	F	F	H	E
5	J	K	Z	G	K	N
6	V	L	V	U	X	A

密碼本使用方法：每組數位的第一位表示字母在第幾排，第二位表示在第幾列。例如數字３２表示在第３排第２列，字母為Ｃ。

偵探密碼本解答

	1	2	3	4	5	6
1	R	W	T	Y	E	P
2	K	S	B	D	G	R
3	Q	C	J	O	I	M
4	F	S	F	F	H	E
5	J	K	Z	G	K	N
6	V	L	V	U	X	A

書中數字：43、34、65、36

（紅色數字為干擾項目，需去掉紅色數字對應的字母才能得到真正答案）

答案：fox（狐狸）

狐狸是哺乳綱食肉目犬科狐屬下的動物，一般所說的狐狸，是對這一類動物的通用稱呼。狐狸的種類繁多，有在北極地區生活的北極狐，它們擁有白色的皮毛，隱藏在冰原之中，不過夏天的時候皮毛又會變成灰黑色。有生活在草原和荒漠地區的沙狐，它們有紅灰色的皮毛，大大的尖耳朵，行動十分機敏。此外，還有分佈廣泛的赤狐、住在高原的藏狐等等，總之，狐狸家族非常龐大，偵探助理們，你還知道哪些其他種類的狐狸嗎？

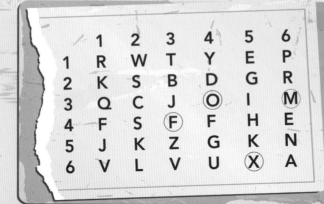

國家圖書館出版品預行編目 (CIP) 資料

神探邁克狐 / 多多羅著 . -- 初版 . -- 臺北市 : 晴好出版事業有限公司出版 ; 新北市 : 遠足文化事業股份有限公司發行 , 2024.04-
冊 ; 14.8×21 公分 .
ISBN 978-626-7396-52-0 (第 4 冊 : 平裝)
859.6 113002934

Y104

神探邁克狐

真假邁克狐④　千面怪盜篇

作　　者｜多多羅
專業審訂｜李曼韻
繪　　者｜心傳奇工作室
責任編輯｜鍾宜君
封面設計｜FE 工作室
內文設計｜簡單瑛設
校　　對｜呂佳真

出　　版｜晴好出版事業有限公司
總 編 輯｜黃文慧
副總編輯｜鍾宜君
編　　輯｜胡雯琳
行銷企畫｜吳孟蓉
地　　址｜104027 台北市中山區中山北路三段 36 巷 10 號 4 樓
網　　址｜https://www.facebook.com/QinghaoBook
電子信箱｜Qinghaobook@gmail.com
電　　話｜（02）2516-6892　　傳　　真｜（02）2516-6891

發　　行｜遠足文化事業股份有限公司（讀書共和國出版集團）
地　　址｜231023 新北市新店區民權路 108-2 號 9 樓
電　　話｜（02）2218-1417　　傳　　真｜（02）2218-1142
電子信箱｜service@bookrep.com.tw
郵政帳號｜19504465（戶名：遠足文化事業股份有限公司）
客服電話｜0800-221-029　　團體訂購｜02-22181717 分機 1124
網　　址｜www.bookrep.com.tw
法律顧問｜華洋法律事務所／蘇文生律師
印　　製｜凱林印刷
初版一刷｜2024 年 4 月
定　　價｜300 元
I S B N｜978-626-7396-52-0 (平裝)